Carola Carulli

TUTTO IL BENE, TUTTO IL MALE

Romanzo

SALANI EDITORE

ISBN 978-88-3100-752-8

Per essere informato sulle novità
del Gruppo editoriale Mauri Spagnol visita:
www.illibraio.it

dal 1862
Gruppo editoriale Mauri Spagnol
Milano
www.salani.it

A mio padre,
che ha resistito alla vita.

A mia figlia,
che mi ha insegnato a costruire l’amore.

TUTTO IL BENE,
TUTTO IL MALE

Dummì, lo sai quando si piange?
Quando si conosce il bene e non si può avere.
E io bene non ne conosco:
la soddisfazione di piangere non l'ho mai potuta avere…

Eduardo De Filippo, *Filumena Marturano*

Per chi viaggia in direzione ostinata e contraria
col suo marchio speciale di speciale disperazione
e tra il vomito dei respinti muove gli ultimi passi
per consegnare alla morte una goccia di splendore
di umanità di verità.

Fabrizio De André, *Smisurata preghiera*

È quasi l'alba. Le strade sono piene di fango, ha smesso di piovere pochi minuti fa. La mia macchina è in panne e io sono ubriaca.

Maledetta macchina del cazzo, sono anni che mi riprometto di cambiarla. È avvizzita per i chilometri che ha fatto. Ci sono ancora gli adesivi sul cruscotto: enormi, con i bordi all'insù, scollati dall'umidità, ma non cedono. Abitano da un secolo intorno al volante scucito e grigiastro: consumato com'è, sembra un vecchio paio di pantaloni di pelle.

Questo rottame macina più rogne che asfalto ormai, si ingolfa e si spegne in continuazione. Non sopporta l'acqua, il ghiaccio, la nebbia. Somiglia a lei. È nera, piena di graffi, cupa ma resistente. Non riesco a ricordarmi il modello esatto, non me n'è mai fregato granché delle auto. Una lunga berlina bassa, ammaccata e solida.

Nell'immenso portabagagli ci sono ancora le sue lettere, i cappotti sparsi, i maglioni di lana, i poncho caldi che amava indossare sempre troppo grandi. Ci sono decine di multe non pagate, assegni strappati, cedolini di carte di credito appallottolati, mucchi di fotografie e una biblioteca surreale.

I libri erano sempre con lei. Di tutti i tipi: scrittori sconosciuti e mai comparsi nelle cronache, autoroni americani da Pulitzer, bozze di improbabili capolavori, thriller a decine. Qualche saggio anche, e tantissime biografie. Nessuna raccolta di poesie, quelle non le amava. «Danno emozioni troppo brevi» diceva. Tuttavia ne sapeva un sacco a memoria perché a scuola l'avevano obbligata a fare le cantilene, e forse è nata lì la sua avversione. Me lo ripeteva spesso: «Le poesie a pappagallo non servono a niente, le rime rovinano la musica e le scrivono i depressi. Meglio il rap allora».

Eppure spesso mi regalava qualcosa: Alda Merini, Leopardi, Ungaretti, Quasimodo, Antoine Pol. Non le ho mai capite davvero, ma facevo finta. A lei stava bene così. Poi quando sono cresciuta mi sono resa conto che erano solo i pensieri racchiusi dentro i versi a piacerle, cercavo in filigrana i suoi ragionamenti, i suoi trucchi, le sue memorie. In molte strofe li trovavo, in altre mi crogiolavo e basta. Le conservo ancora, sono tutte sbaffate, sottolineate dalla sua grafia. Era mancina e aveva sempre le mani sudate ma si ostinava a usare le penne a inchiostro liquido, rosa e gocciolanti, così adesso i fogli oltre a essere ingialliti hanno anche degli aloni che sembrano di varechina, appiccicati e duri. Ogni volta devo staccarli uno a uno facendo attenzione a non strapparli.

Quando apro i suoi libri c'è quel profumo di vaniglia, se lo faceva preparare apposta da una specie di alchimista fiorentino che aveva una bottega puzzolente tanto era profumata. Ogni mese ne ordinava cinque fiale e le metteva in fila sulla libreria accanto alle altre. Faceva scorta perché aveva paura che quello strano signore morisse e con lui le sue ricette. Lei lo regalava soltanto a me, ne era gelosissima, non sapeva nessuno da dove provenisse, soltanto io. Quando andavo da lei me ne spruzzavo un po' nei capelli. Ne ho ancora due boccette, una è sigillata, l'altra la annuso quando mi manca, ed è così che la rivedo davanti a me: bellissima, infelice, stramba.

Oggi è il suo compleanno. Io sono piena di alcol, ho la nausea e vorrei svuotarmi. Accosto vicino al marciapiede bagnato. C'è una pozzanghera che riflette la mia faccia: sono orrenda, pallida, coi capelli in disordine, il rossetto ammaccato e gli stivali sporchi, ma sorrido, perché a lei sarei piaciuta così.

PARTE PRIMA

1
Io e lei

«Sarà una femmina e la chiamerò Leyla».

Me lo disse mentre si rollava una sigaretta, sparpagliando ovunque briciole di tabacco. Quel giorno mi chiamò con la voce agitata e un po' tremolante, come non l'avevo mai sentita. Arrivai in ritardo, pioveva a dirotto e la città era bloccata. Lei odiava i miei ritardi, ma quella volta quando aprì la porta non mi disse niente, nei suoi occhi c'era una luce strana. Fui inondata dall'odore di vaniglia che spruzzava ovunque in casa, oltre che sul corpo. Ricordo il suo sorriso assente, preoccupato, le ombre erano tornate sul suo viso, e la cicatrice in mezzo alla fronte, quella che mi suggeriva sempre il suo stato d'animo, sembrava più profonda. Se l'era fatta da piccola mentre rincorreva un palloncino che era volato via, per prenderlo era inciampata sulla radice di un albero e s'era spaccata la fronte. Me l'aveva raccontato centinaia di volte.

«Ero una bambina distratta» spiegava, strappandomi una risata.

«Eri già fuori di testa a dieci anni» la prendevo in giro.

Lei apriva la bocca e provava a trattenere il sorriso, senza riuscirci mai. «Be'» diceva, «almeno questa cicatrice coprirà le rughe».

Io la guardavo e spingevo il mio pollice sullo spazio tra le sue sopracciglia. «Diventerai una vecchietta bellissima!»

Lei rispondeva sempre allo stesso modo: «E tu una donna impossibile».

Quella volta parlammo tutta la notte, bevendo vino e fumando come due tossiche. Davanti a lei potevo essere me stessa fino in fondo. Non potevo fingere, e se provavo a farlo lei mi fermava subito, mi prendeva il viso fra le mani e mi diceva di smetterla. «Con me i copioni non funzionano, Sveva. Non sono tua madre, sono sua sorella! Con me niente bugie».

Che era incinta me lo disse all'alba, aveva appena smesso di piovere. Io avevo ventun anni, un fidanzato appena mollato, due genitori maledetti e lei, mia zia, la persona che più amavo al mondo, adesso aspettava un bambino, anzi una bambina. Ero gelosa, o forse solo preoccupata per lei. La mia bellissima zia Alma, che in fondo era stata la mia vera madre, adesso diventava madre per davvero. Non c'era bisogno di chiederle chi fosse il padre, già lo sapevo, come sapevo molte altre cose. Un figlio suo, lei non l'aveva mai voluto. Non lo aveva neppure cercato, ma poi quando l'amore arriva succede che molti *mai* diventano *forse.* E allora tutto cambia. Come cambiò la mia vita quando nacque Leyla.

2
La nascita di Alma

Quando Alma era piccola, tutti pensavano fosse stata adottata. Era troppo diversa da sua sorella Sarah, pelle rosa e occhi chiari, nata dodici anni prima. Alma venne al mondo dentro una clinica semideserta, dove sua madre partorì insieme a una donna coreana e a una tedesca. Era ferragosto, il sole illuminava le stanze ghiacciate dall'aria condizionata. Il padre, mio nonno, quando la vide arrivare disse che aveva gli occhi spalancati e i capelli neri come le ali di un corvo. Urlava come una pazza ed era già incazzata con l'universo. La pelle scura generò dubbi e battute sulla sua provenienza. Lui stesso ci scherzò su e per tutta la vita le ripeté che l'avevano scambiata nella culla con la figlia della tizia asiatica. Alma venne su con questa leggenda che non aiutò la sua autostima.

Era la secondogenita, ed era la sorella strana di una creatura bellissima. Strana perché spesso si ammutoliva all'improvviso, succedeva a tavola o mentre giocava con le sue bambole vecchie che non riusciva a buttare, a differenza di Sarah che ne chiedeva una nuova ogni giorno. Strana perché con quelle bambole spesso ci parlava, erano i suoi fantasmi, diceva, bambini mai nati e diventati bambole di pezza. I fantasmi li disegnava anche, e talvolta avevano volti di familiari che erano morti anni prima e che lei non aveva mai incontrato né visto in foto. Tutti facevano finta di niente, minimizzavano, mentre la sorella maggiore si divertiva a nascondere quei disegni o persino a strapparli perché per lei erano brutti e inquietanti. Lei ai fantasmi non ci credeva.

Sarah aveva un fisico da top model già da adolescente, e il sorriso leggero di chi sa che conquisterà il mondo anche restando ferma. Alma invece era una bambina dal viso irregolare, occhi a mandorla troppo allungati, uno verde e uno azzurro, incorniciati da un caschetto che sua madre la obbligò a portare fino a quando lei decise di farla arrabbiare tingendosi i capelli di rosa. Era sottile come un giunco, portava un broncio perenne e una nostalgia insopportabile. Era abbandonica, timida, chiusa e sempre alla ricerca di qualcosa: da piccola, smaniava per cose come il pupazzo rosso che Sarah le nascondeva o i palloncini comprati in strada dai venditori ambulanti, gli stessi per cui un giorno si sarebbe sfregiata la faccia; da grande, rincorreva le attenzioni delle persone da cui diventava dipendente. Dipendenze contro le quali lottava ogni giorno, senza vincere mai.

Voleva scrivere e così lo fece diventare un lavoro. Scriveva per il cinema. Una passione nata prestissimo, quando rimase folgorata da *E.T.* Aveva nove anni e capì che quella creatura le somigliava troppo. A lei non piacevano i protagonisti belli e coraggiosi che tutti gli altri amavano, non si identificava in loro. A lei piaceva quel mostriciattolo rugoso che arrossiva tutto quando provava un'emozione, che si ubriacava quando restava solo in casa e che aveva gli occhi più grandi del mondo. Alma non voleva giocare con un extraterrestre, lei *voleva essere* l'extraterrestre. Impazzì per la scena in cui lui tornava in vita, l'immagine del cuore che si illuminava come una lampadina rosso fragola l'aveva incantata: anche il suo si accendeva quando batteva forte. Poi però imparò a nascondere quella luce, soprattutto se il sentimento era troppo intenso o troppo doloroso. Coprì quel luccichio con un velo pesante, così che solo lei potesse vederlo, non gli altri. Altrimenti avrebbero saputo dove colpirla.

Alma era una ribelle di natura. Una di quelle a cui non stava bene niente. Detestava sua madre Clara, donna piena di amanti e rimorsi, superficiale e fragilissima, con un sogno, quello di diventare ballerina, che si era infranto insieme alle sue gambe a seguito di un brutto incidente sugli sci dal quale si era salvata per miracolo. Clara era cresciuta in una famiglia molto povera: mamma sarta delle gran signore, papà conducente di autobus. Aveva cercato un riscatto per tutta la vita, fino a quando aveva sposato quello che sarebbe diventato il padre delle sue figlie. Un uomo perbene che Alma amò infinitamente. Ma a una donna come Clara gli uomini perbene facevano solo comodo, perché erano distratti, ingenui e generosi. Visse recitando la parte della moglie impeccabile, ma era sempre pronta a sedurre tutti i maschi che le passavano accanto, fino a quando pescò quello sbagliato, un amico d'infanzia del marito che spifferò tutto e mandò in fumo il falso idillio di una famiglia già condannata. L'uomo perbene se ne andò, lasciando lei, un appartamento e un assegno mensile.

Sarah rimase vicino alla madre, a cui somigliava come una goccia d'acqua, Alma scappò di casa tre volte e si rifugiò dal padre, insieme a una valigia rotta, il pupazzo rosso e un cane. Visse con lui per anni. Fra i suoi genitori scelse senza pensarci un secondo. Gli uomini perbene vanno tenuti stretti, soprattutto quando sono padri.

Alma era una figlia complicata e precoce nella ribellione alle regole, agli stereotipi, a tutte le recite di cui era stata spettatrice per anni e che le avevano dato il voltastomaco. Ne aveva abbastanza di rapporti tenuti insieme con la colla, fatti di spifferi e crepe dentro le quali filtravano mostri e fantasmi. Il matrimonio era una farsa per accontentare gli altri, il primo atto di una tragedia destinata a finire male, e se finiva bene era perché di certi compromessi non si poteva fare a meno.

Niente dura per sempre. Alma lo aveva compreso quando ancora giocava con le bambole. E lì cominciò a cercare veli sempre più pesanti per coprire il suo cuore che si illuminava ogni volta che il padre le parlava dei primi tempi con sua madre, o di sua sorella, o dell'amore in generale.

«Ma che diavolo è l'amore, papà?» chiedeva lei a quell'uomo dalle mani grandi e morbide tra le quali adorava addormentarsi.

Lui la guardava con occhi teneri e tristi, mentre le accarezzava i capelli e provava a farla dormire. «Nessuno sa cos'è l'amore, bambina mia. Però tu, quando sarai grande, non smettere di cercarlo, e se lo trovi fammelo sapere. Me lo racconterai tu cos'è».

«Io ti amo, papà. Però non te lo so mica spiegare perché». Poi lo abbracciava stretto stretto, infilando le narici dentro il suo collo spigoloso che odorava di terra e muschio. Quel profumo Alma non lo dimenticò mai. Nelle notti d'estate, dopo la pioggia, lo avrebbe cercato dentro la terra bagnata, poi avrebbe chiuso gli occhi, tirato un lungo respiro, alzato il collo verso il cielo e pianto in silenzio ogni lacrima possibile. Avrebbe urlato il nome di suo padre ma nessuno le avrebbe risposto più. Emanuele, lo stesso nome che si tatuò sul braccio e sotto il quale c'era scritto 'Non smettere mai di cercarlo'.

3
Sveva

La notte era il momento più bello della giornata. Mi piaceva sdraiarmi sul pavimento del minuscolo terrazzo che affacciava su un ponte di ferro. Solo a tarda sera diventava deserto, le macchine fermavano il loro rumore, sostituito da qualche schiamazzo che mi teneva compagnia. Il vento si alzava sulla città, portava via tutto e tutto riportava indietro. Il gigante di ferro mi aiutava a non sentirmi sola, a raccontarmi un mondo diverso, a inseguire il mio sogno impossibile, quello di diventare un'attrice di teatro. Avevo recitato centinaia di copioni davanti a quel ponte, era immobile e massiccio e faceva da eco alle battute imparate a memoria. Il fumo delle sigarette mi accompagnava sempre, avvolgendo gli occhi bruciati dalle lacrime. Amavo recitare i personaggi più dolenti, nella loro sofferenza trovavo una verità diversa, una verità ingombrante.

Mia madre Sarah diceva che sarei diventata una morta di fame, perché al teatro non ci andava più nessuno. Diceva che le attrici erano tutte o puttane o donne fortunate. Ma fortunate per poco, il tempo di uno spettacolo andato bene che sarebbe poi andato male la volta successiva. Lei snobbava le mie passioni e con quel suo piglio da finta aristocratica diceva che avrei dovuto studiare Economia, per capire bene l'unica cosa che contava nella vita: i soldi. «Con quelli puoi comprare tutto» ripeteva, «puoi comprare le persone, la fiducia, l'amore, e persino la felicità».

Ogni volta che glielo sentivo dire, un pezzo del mio corpo si frantumava. Quel corpo che lei aveva messo al mondo andava in mille pezzi. Le sue convinzioni mi facevano schifo, le sue parole tagliavano la carne. Era un serpente, si arrotolava attorno al mio collo e lo stringeva così forte da farmi mancare il respiro.

Di lei tutto mi dava la nausea: la voce che tratteneva bassa quando parlava davanti alle amiche, i suoi tailleur impeccabili, le scarpe lucide su cui non sapeva camminare e sembrava fossero piene di acqua tanto erano pesanti. Mai un'unghia fuori posto, gonne tagliate al millimetro e quell'arroganza forzata di chi nascondeva uno stato d'animo tutt'altro che felice. Odiavo gli specchi davanti cui passava ore a cercare di contenere le prime rughe che aggiustava ogni mese dal chirurgo. Aveva investito tutto sulla propria immagine e non accettava di invecchiare. Così comprava anche la giovinezza, staccando assegni pieni di zeri a un medico che campava sulle sue depressioni. Ma bastava guardarle le mani per capire che il tempo era più potente di ogni argine. Io non perdevo occasione per colpirla: «Mi dispiace per te, mamma, ma il tempo non è in vendita».

E lo sapeva bene lei, che aveva un marito che non aveva mai tempo da dedicarle. Un medico di fama internazionale, dedito giorno e notte alla carriera. Quel medico era mio padre e con lui avevo un rapporto inesistente. Sempre impegnato, lo vedevo solo durante le feste. A volte dimenticavo il timbro della sua voce, parlava pochissimo con noi, mentre lo sentivo spesso raccontare barzellette al telefono ai suoi colleghi. La sala operatoria era la sua casa, non certo io. Più crescevo e più il mio rancore verso quell'uomo diventava grande. Sapevo che tradiva mia madre, lo sapevano tutti, e così il mio odio nei suoi confronti si accumulava senza che potessi fermarlo. Era un seduttore seriale, si portava a letto chiunque passasse dalla sua clinica. Un povero disgraziato arricchito che mentre salvava vite ne uccideva delle altre. Con i soldi comprava tutto e così aveva comprato anche una moglie, il suo silenzio, la sua cecità e la sua gratitudine. Mio padre Riccardo era un uomo a cui serviva solo una consorte degna di lui, che sapesse tacere quando doveva. In fondo non le faceva mancare niente e di quel niente lei fece tutto. Con il tempo capii che io ero soltanto la figlia che gli permetteva di dirsi padre, non ero nient'altro, uno status, una chimera, una povera ragazzina brufolosa che tendeva a ingrassare e ad abbuffarsi di cioccolato nel letto. Mio padre lo conobbi davvero quando diventai grande abbastanza per poterlo affrontare. I miei genitori non mi portavano mai con loro, da nessuna parte, mi tenevano in disparte come fossi un'appestata, una figlia malriuscita, una che non somigliava a loro in niente. Ero quella da tenere nascosta, ero la loro verità e la loro più grande menzogna.

Quando lo capii cominciai a rifugiarmi sempre dall'unica persona della famiglia a cui volevo davvero bene.

4
Sul palcoscenico

Un giorno invitai mia madre alla prima di un mio spettacolo, era a un teatro off, uno di quelli sperimentali con tanti ragazzi sul palco che recitavano estratti di Antonin Artaud. Faceva freddissimo e il pubblico era seduto su sedie di legno traballanti e scomode. Era la prima volta che mi esibivo dentro un teatro vero, prima avevo fatto solo laboratori con addetti ai lavori, senza veri spettatori. Ero emozionatissima e agitata, avevo studiato per mesi le parti e non vedevo l'ora di salire su quel palco polveroso dove avevo lasciato vivere tante altre me. Speravo venisse a vedermi, almeno lei. Mio padre era fuori per lavoro, come al solito, e le chiesi se volesse venire con la zia. Mi rispose freddamente: «Vai tesoro, tanto ci sarà Alma a fare il tifo per te», ma io le volevo entrambe, volevo anche lei, volevo che mia madre vedesse cosa facevo tutto il giorno chiusa in camera mentre mandavo a memoria le battute di uno spettacolo.

Si aprì il sipario e fino all'ultimo la cercai in mezzo al pubblico, si vedeva poco, era buio e le luci erano tutte sul palcoscenico. La intravidi che entrava proprio quando cominciai a recitare, non avrei mai creduto accadesse davvero.

Cerchiamo sempre il perdono di una madre, la sua

approvazione, il suo sguardo di assenso, lo cerchiamo tutta la vita perché è nostra madre, per quanto sbagliata possa essere. Siamo carne viva che si è attorcigliata l'una con l'altra per mesi e, per quanto si possa arrivare a odiarla, cerchiamo sempre in lei le nostre parti mancanti. Per anni ho cercato le mie negli occhi di mia madre, ho provato a perdonarla, a provare pena per lei, anche quel giorno.

Vidi mia zia voltarsi e alzarsi verso di lei. Le vidi parlare. La vidi scomparire inghiottita dal buio, mentre mia zia applaudiva e faceva fatica a stare ferma. Più tardi seppi che mio padre aveva avuto un brutto incidente, era stato ricoverato d'urgenza e mia madre era andata nel panico totale: si era rotto tutto ma non era in pericolo di vita.

Mentre salivo sul mio primo palcoscenico, mio padre aveva deciso di mettersi sotto i riflettori anche quella volta per scipparmelo come solo lui sapeva fare.

In quei pochi minuti in cui fui convinta che mia madre fosse venuta per me ebbi un tuffo al cuore, ma in un niente la felicità si fece sgomento. C'era qualcosa che ci impediva di essere davvero madre e figlia, al di là delle reciproche intenzioni, e quel giorno lo capii. E capii anche che mia zia Alma, che fino alla fine dello spettacolo restò al suo posto, era l'unica persona che sarebbe rimasta sempre. Pensai chiaramente che avrei voluto tanto fosse lei la mia vera madre.

Lo spettacolo finì e io ero stanchissima. Mia zia mi disse di mio padre in camerino. Era preoccupata per me, non per quel cognato che aveva sempre detestato e che era sopravvissuto anche a un incidente quasi mortale. Io ero un pezzo di legno teso e arrabbiato, deluso e stanco. Avevo dato tutte le mie energie a quella pièce che provavo da mesi e che era stata rovinata dai miei genitori, ancora una volta.

Zia Alma mi strinse forte a sé e mi disse che era il momento di andare a bere qualcosa.

«Ma devo andare in ospedale» provai a obiettare.

Lei esitò e fece un sospiro. «Non adesso, Sveva» mi disse. «Tuo padre ha bisogno di riposo, tua madre è con lui, ci andremo domani. Adesso dobbiamo festeggiare io e te. Sei stata bravissima!»

«Grazie tanto, lo so che me lo dici per consolarmi».

«Ma che diavolo dici?! Te li sei mangiati tutti, sei stata grande, e poi vestita di toppe sei una meraviglia! Tua madre quando ti ha visto ha avuto un mezzo infarto! Eri *troppo trasandata* per i suoi gusti».

Scoppiammo a ridere facendo facce stupide davanti allo specchio del camerino minuscolo dove cercavo di vestirmi a fatica per quanto era stretto.

«Sbrigati» mi disse, «ti aspetto fuori, vado a fumare una sigaretta e a prenotare un ristorante che abbia un buon vino».

5
Rumori di fondo

Mi rivestii e mi pettinai i capelli pieni di brillantina. Mentre toglievo le decine di forcine che mi bucavano la testa vidi riflesso nello specchio un rotolo di cartapane. All'interno c'era un disegno fatto a mano, un ritratto di Artaud con il cappello e la sigaretta tra le labbra. Non avevo la più pallida idea di chi l'avesse fatto o del perché si trovasse lì, ma mi piaceva e decisi di prenderlo.

Quando raggiunsi Alma al ristorante dopo lo spettacolo, lei stava già rimorchiando un cameriere. Con un bicchiere di vino in mano lo stava seducendo senza accorgersene. Quello aveva il volto paonazzo e gli occhi da ebete mentre lei, già brilla, parlava con la sua voce un po' rauca che ipnotizzava anche i muri. Alcune donne hanno un potere incredibile: sanno di mistero e hanno sguardi altrove che ti portano dove vogliono. Muovono i capelli come toccassero un corpo nudo, tagliano l'aria con mani allungate dalla pelle dorata.

Zia Alma era bellissima, ma tutta quella bellezza era completamente fuori da ogni canone estetico. Ero venuta su con il pallino della perfezione, con mia madre a farmi da esempio e la tv a buttarmi in faccia immagini sature di colori impossibili e facce così plastificate da sembrare dipinte con lo stampo, tutte uguali. Mia zia, che era cresciuta qualche anno prima, certe volte rimaneva esterrefatta dai selfie che vedeva scorrere sui social. Si era adeguata a essere presente anche lei in rete, ma più per studiare i comportamenti altrui che per dire la sua su questo o su quello. Il cinema la obbligava a tenersi aggiornata, a seguire i trend topic della settimana e a sbirciare nelle vite degli altri. Era abile a ricostruire i caratteri delle persone analizzando minuscoli dettagli e incastrandoli insieme come un puzzle. Detestava le zuffe tra quelli che passavano le giornate a insultarsi senza freno. «Tu immagina di stare in piazza» mi diceva, «vedi un passante che non ti piace come è vestito, che fai?»

«Zia, non cominciare con i tuoi indovinelli, ti prego».

Con lei tutto diventava oggetto d'esame approfondito, e come studiava sui libri lo faceva anche sui social.

«'Brutto stronzo, ma come ti sei conciato! Fai schifo!' Glielo diresti?»

«Ma proprio no».

«'Guarda che cazzo di capelli hai!' Glielo diresti? Oppure 'Ti vorrei scopare', glielo diresti?»

«Oddio no!» rispondevo con un sorriso a mezza bocca.

Era capace di continuare così per ore, pur di dimostrare quanto la gente fosse ipocrita e piena di paure. Non che dovesse faticare per convincermi. I social per lei erano pagine bianche che le persone usavano per esternare qualunque opinione senza che nessuno glielo potesse impedire. Lo trovava spaventoso, «perché la verità non la puoi dire sempre e non la puoi dire a tutti». Non poteva tollerarlo. «È un TSO a cielo aperto» diceva, «qualunque cosa cerchi, finisci per trovare frasi terribili scritte senza vergogna, amici che insultano amici, fidanzati che danno delle troie alle ex. *Body shaming*, bestemmie, litigate fra mariti e mogli sotto foto di famiglia. Un mondo parallelo pieno di gente crudele e insulsa. E il bello» continuava «è che quella gente poi, nella vita reale, si comporta in tutt'altro modo».

«E dove sta la verità?» le chiedevo.

«Non c'è verità, né lì dentro né fuori. Dentro ci si deve far notare a tutti i costi, esagerando e sbracciandosi, innescando polemiche per farsi vedere o insultare. Ma almeno esisti, lì dentro esisti. Fuori è il contrario. Discrezione, umiltà e maschere per sentirti dalla parte giusta. Maschere, le stesse che indossi quando scrivi sui social, ma lì non ci si guarda in faccia, non ci si respira, si parla con fotografie perfette di se stessi o di cani e gatti che fanno da foto profilo. Chi siamo veramente lo sappiamo solo noi. E non sarà certo un social a spiegarcelo».

Fu in quel momento che ebbi voglia di mostrarle il disegno che avevo trovato nel camerino. «Ha un tratto un po' schizofrenico» le dissi, «ma molto particolare».

Credevo in quel modo d'aver cambiato discorso, e invece lei riuscì a riportarlo dove voleva.

«Ecco, vedi? È proprio quello che stavo dicendo. Bello o brutto che sia, questo ritratto è una cosa autentica, vera. Non sappiamo chi lo abbia fatto ma è qui, qualcuno lo ha fatto perché fosse visto, magari lo ha lasciato apposta nel tuo camerino perché tu lo trovassi».

«Non credo, zia. Chissà com'era finito lì. Magari lo volevano soltanto buttare».

Ma il cinismo non faceva mai presa su di lei.

«Adesso ordiniamo perché ho una fame tremenda» disse. Richiamò l'attenzione del cameriere già cotto di lei. Avrebbe potuto chiedergli qualunque cosa e il poveretto gliel'avrebbe portata. Ma lei non ne avrebbe mai approfittato, per quello era bellissima.

6
Anelli

Certi momenti con lei erano incredibilmente divertenti. Riusciva a sdrammatizzare tutto, quando voleva, per quanto fosse drammatica su tutto il resto. Quanto era bella, con quelle gonne a fiori e quegli zoccoli di legno, i suoi mille anelli infilati sulle dita sottili che portava come qualcosa di sacro. Aveva una collezione di anelli con i simboli più diversi, molti venivano dai suoi viaggi in oriente, altri li aveva comprati nei mercatini dell'usato. «Gli oggetti usati hanno così tante energie» diceva, «hanno visto tante altre vite, tante dita intrecciarsi, tanti luoghi sconosciuti». Era affascinata dal mondo che non c'era più, semplicemente perché era stato. Era stato persone e respiri e noi ci camminavamo sopra.

Ricordo che un giorno mi portò al mercatino di Sabaudia, uno dei più amati da chi cerca oggetti vintage. Diluviava e avevamo un ombrello rotto in due, le dissi che forse era meglio tornare indietro, ma lei niente, imperterrita girava tra le bancarelle per trovare qualcosa di speciale. Poi si fermò di colpo davanti a un signore con i capelli lunghi e una maglietta con un disegno degli indiani d'America. Aveva rughe profondissime e un'espressione inquietante, occhi neri e labbra sottili. Le mani ruvide stavano pulendo con lo spirito alcuni anelli esposti, alcuni erano piuttosto ammaccati, altri troppo grandi e scheggiati. Zia Alma li toccò come se cercasse qualcosa, li accarezzò lentamente e chiuse gli occhi, poi ne pescò uno e lo tirò su. Faceva sempre così: li guardava e li stringeva nel palmo come fosse in trance. A volte ne pescava di orribili, giganteschi fili d'argento con pietre troppo grandi.

Quel giorno scelse uno strano cerchio argentato, piatto e pieno di bozzi, aveva incastonata una pietra turchese dalle venature nere.

«Apparteneva a una ragazza uccisa da qualcuno» mi sussurrò.

«Zia, ma che diavolo dici?» le risposi spaventata. «E in ogni caso, perché devi prenderti l'anello di un morto?! Mi fai venire ansia».

Lei fece finta di non aver sentito e non badò alla mia faccia un po' disgustata. Pensare che quell'anello l'avesse indossato una ragazza che si trovava sottoterra mi metteva i brividi. Quante volte avevamo discusso per questa storia dei morti, dell'energia e degli incontri destinati. Io non ci credevo affatto a certe stronzate, per lei invece era tutto vero, come quell'anello che somigliava alla paccottiglia che si trova dai vucumprà.

«Sveva, quella ragazza ti somigliava, ma non è stata fortunata come te...»

Si fece seria e io provai a comprenderla, ma non ci riuscivo molto.

«Com'è morta? Sai anche questo?»

«No, quel che so è che non voleva morire».

«Ma nessuno vuole morire, zia».

«Oh certo, lo so, ma lei non aveva scelta».

«Che significa?»

«Me lo ha detto il suo anello. Quella pietra è molto più

preziosa di quanto pensi». Si fece seria mentre pronunciava quelle parole.

Sapevo che zia Alma aveva degli strani poteri di preveggenza, ma non avevo mai approfondito, nessuno della famiglia aveva voluto farlo. Tantomeno lei. Era già abbastanza strana per tutti.

7
Ribellioni

Non che fossero sempre rose e fiori con mia zia. Litigavamo spesso, anzi. Per lei ero una ragazzina indomabile e temeva che ricalcassi i suoi errori. A volte la facevo impazzire, andava su tutte le furie. Eppure mi capiva, capiva lo strazio di vivere in una casa dove tutto ti sta stretto, la voglia di scappare non importa dove, ma lontano dai tuoi genitori, dal conformismo, dalle regole. Le stesse da cui scappava lei da quando era venuta al mondo.

Mi feci cacciare da una scuola privata costosissima perché non sopportavo frequentare bambocci che si somigliavano tutti. Una fabbrica di rampolli dell'alta società, questo avevano scelto i miei per me, e ovviamente nessuno mi aveva chiesto un parere. La puzza dei soldi mi arrivava allo stomaco. I primi anni non capivo nemmeno dove si trovasse, vedevo solo intorno a me un bel giardino con tantissimi fiori, una madonnina al centro per benedire l'arrivo degli studenti e un signore piantato all'ingresso, pronto a intervenire se a prendere i pargoli all'uscita si fossero presentate persone sconosciute – vale a dire tate diverse da quelle dei giorni precedenti.

Vedere quei gruppi di mamme dai seni strizzati nelle loro camicie trasparenti alle otto di mattina mi metteva a disagio. Parlavano solo delle loro borsette nuove, dell'ultimo sandalo di moda e dei mariti che a casa non c'erano mai. Un cincischiare continuo di lamenti e prodezze travestite da perbenismo cinico.

Inglese, francese e una lingua orientale: un pacchetto completo che avrebbe portato gli studenti all'estero, dove avrebbero conseguito master prestigiosi e occupato poltrone già garantite. Una serie di birilli tutti uguali messi in fila per permettergli di andare lontano. Perché in Italia, si sa, non si arriva mai da nessuna parte. Discorsi ripetuti milioni di volte che mi rendevano sempre più isolata e irascibile.

In classe ero silenziosa, non avevo amici e vestivo di nero anche in primavera. Mettevo cuffiette con musica underground e respiravo l'odore dei pini a ricreazione. Leggevo libri complicati sul teatro, e mentre tutti parlavano di feste, sabati sera e motorini da farsi regalare per il compleanno, io immaginavo di essere Sarah Bernhardt, la Divina, la Voce d'Oro, una folle ragazzina che aveva scelto la propria strada mentre gli altri pensavano di averla scelta per lei. Per un po' di anni resistetti, finché un giorno presi a pugni una compagna di classe e riuscii a farmi cacciare.

È sempre incazzata, dicevano di me, non parla mai, sente musica di merda e si veste da cani. Guarda che cazzo di scarpe porta, quegli anfibi avranno le rane dentro. Li sentivo ridacchiare mentre pensavano non ascoltassi. Abbassavo il volume degli auricolari senza toglierli. Mi divertivo a sentire quello che dicevano di me quei figli di papà patinati come una rivista. Le loro cattiverie non mi offendevano, o almeno così ripetevo a me stessa, erano solo manichini di cartone che dentro di me avevo già bruciato da tempo.

A quindici anni rifiutai di farmi comprare una di quelle orrende macchine che giravano per la città come zanzare impazzite. Amavo passeggiare, svegliarmi presto, prendere l'autobus e arrivare in ritardo. Quel tempo prima di entrare nella prigione dorata apparteneva soltanto a me e nessuno poteva impedirmi di viverlo come mi pareva.

Fu allora che cominciai a scappare. A ribellarmi a tutto quel girotondo meschino di vite scollate che sapevano di morte. Tutte uguali le madri, le figlie, le divise e le aspettative. Non volevo abitare un futuro predefinito, senza lottare mai e senza provare a cambiarlo almeno un po'.

Il mio Paese non era un parcheggio, lo amavo e ci volevo vivere, ma evidentemente ero l'unica a pensarlo. Ero testarda come un mulo. Un mulo che già portava pesi troppo grandi sulla schiena.

Di nascosto dai miei, una volta alla settimana andavo a leggere libri di favole ai bambini delle case-famiglia. Quei piccoli dallo sguardo spalancato rimanevano incantati dalla mia voce, e io mi allenavo nella recitazione. Davanti a loro mi sentivo importante, quello era il mio palcoscenico personale.

Ascoltavo storie terribili di abbandoni e violenza. Avevano sei anni e già la loro vita sembrava segnata da un destino maledetto che li aveva buttati per strada come rifiuti da calpestare. Mi appassionai alle vicende di quelle creature, ogni volta che arrivavo mi si buttavano addosso per cercare tutti gli abbracci mancati. Ci andai per anni e da loro appresi che l'amore aveva tante declinazioni. La più importante confermava una certezza: i legami di sangue sono spesso inquinati, sporchi e imperdonabili, mentre possono esistere legami profondi anche se non possono definirsi 'famiglia'. Una parola che cominciò a mutare di significato per sempre.

8
Alma e Sarah

Da bambina ero timidissima e solitaria. Piangevo poco e mangiavo molto. Amavo i dolci con la ciliegina sulla testa, andavo pazza per le cassate siciliane che faceva un bar sul lungotevere: per me e zia Alma quel posto era diventato uno scenario di confessioni al sapore di ricotta. Affondavo il viso dentro quei dolci e sorridevo. Più passava il tempo, però, e più i dolci cominciai a non mangiarli più.

«Mamma dice che ingrasso» spiegai a mia zia. Avevo dieci anni, ancora mi dovevo sviluppare e mia madre già mi farciva la testa con l'assillo della perfezione. 'Non si è mai troppo ricchi né troppo magri': questo era il suo motto. Lo ripeteva anche ad Alma, che scoppiava di rabbia mentre provava a far capire alla sorella che con me stava sbagliando tutto. Sarah rappresentava il mondo da cui lei era scappata, era la fotocopia della loro madre. Finivano sempre per alzare la voce l'una contro l'altra, si prendevano a male parole finché mia mamma tirava fuori la frase più crudele del suo repertorio: «Ma che cazzo ne sai tu di come si educa una figlia?» E non si fermava lì, era solo la rincorsa per partire con una sfilza di cattiverie: «Non hai figli e ti stai facendo vecchia per averne. Taci, per favore, e falla finita, tu e la tua vita del cazzo. Non sai tenerti un fidanzato per più di una settimana, sei sempre sui set in mezzo ad attori squattrinati senza futuro. Guardati come vai in giro, sembri una poveraccia. Guarda le tue mani, hai le unghie spezzate che nemmeno quando eri una bambina. Indossi quegli anfibi neri che fanno orrore. E quella stupida di mia figlia pur di somigliarti se li è comprati uguali ai tuoi, senza il mio permesso. Mettiti un paio di tacchi e sculetta un po', vedrai che la vita inizierà a sorriderti. E trovati un cazzo di fidanzato!»

Alma restava muta, avrebbe voluto piangere, ma non per quello che le diceva sua sorella. Piangeva perché le sembrava di sentire loro madre. Ecco cosa le faceva male, molto più di quelle parole che confermavano solo quanto fossero agli opposti, troppo diverse per capirsi.

Mamma caricava a testa bassa come un toro. Pronunciava quelle frasi con una spocchia e una malvagità che mi toglievano il fiato. Non capivo se odiava sua sorella o forse invidiava la sua libertà.

Ordinava champagne e malediceva Alma per ore. «Stai ancora a fare la ragazzina dei centri sociali. Sei grande ormai, dovresti averlo capito che non ti rimane molto tempo per conquistare un uomo e sistemarti. Non si fanno i soldi con la scrittura, cara mia. Il cinema è per i ricchi, e tu non lo sei». Il veleno che usciva dalla bocca di mia mamma si spargeva lungo il corpo di Alma, le bruciava la pelle. E le faceva male anche guardare me che a mia volta la fissavo, si chiedeva da che parte stavo. Allora le rivolgevo un sorriso che la diceva lunga, mi alzavo in piedi e mi mettevo a sedere sulle sue ginocchia, mentre chiedevo a mamma di farla finita. Perché lei era mia zia ed era la più bella del mondo.

Restavamo abbracciate un tempo infinito, mentre Sarah continuava a sorseggiare il suo Moët e dettava ordini su cosa fare nel weekend. Dopo gli insulti finiva tutto con una telefonata all'estetista per prenotare la manicure. «Dai Alma, non te la prendere, in fondo parlo per il tuo bene» aggiungeva poi, non contenta. Alma la osservava, le diceva di non preoccuparsi per lei. Fingeva di non prendersela e tutto passava con il tempo che cadeva come gocce nere in un bicchiere d'acqua.

In quei momenti Alma mi stringeva forte a sé, e mentre annusava i miei capelli sentivo i suoi pensieri: non con te, Sveva, non le permetterò di fare lo stesso con te, non lascerò che ti facciano diventare quello che non sei.

Quando Alma rimase incinta, fece una promessa a se stessa: non sarebbe mai diventata una madre come erano state sua madre e sua sorella. Poi guardò me e capì dai miei occhi che nemmeno io sarei diventata quel tipo di donna. Nello sguardo che ci scambiammo c'era qualcosa di potente che mi legò a lei in maniera netta, definitiva. Ma lo avrei capito molto tempo dopo.

9
Dafne e Alma

9 maggio 1997. Quel giorno uccisero una ragazza all'università. Si chiamava Marta Russo. I viali erano pieni di giornalisti, c'era il panico ovunque. Gente che correva su e giù, ragazzi in lacrime, madri disperate. Fu un evento potentissimo, che sconvolse un ambiente già parecchio intossicato. Furono accusati due dottorandi, due ragazzi che avevano sparato un colpo alla testa a quella povera studentessa, morta dopo quattro giorni di coma. Il delitto fermò l'Italia e anche le lezioni.

Alma avrebbe dovuto seguire un corso di sceneggiatura. Si era presa il giorno libero da lavoro. E per lei sarebbe stato un problema ottenerne un altro. Lavorava in una libreria mezza giornata per guadagnare un po' di soldi e aiutare suo padre nelle piccole spese. Amava essere indipendente fin da ragazzina, e da quando aveva finito il liceo aveva fatto vari lavoretti per comprarsi le poche cose che amava: i libri, qualche poncho messicano, il suo profumo alla vaniglia, i lucidalabbra e i biglietti del cinema. Tutto quello che restava lo spendeva in regali. Ne faceva tanti e sempre alle stesse persone. Suo padre, che adorava la musica classica, lo riempiva di cd e vinili. Amava la sua faccia quando scartava quei dischi, gli si illuminavano gli occhi con le raccolte di Mario Del

Monaco e di Bach. Ogni tanto lo sentiva canticchiare sottovoce mentre lavorava di notte e metteva in ordine le sue scartoffie. Era uno psichiatra, uno di quelli che ti bucano la testa di domande. Non smetteva mai di studiare e leggeva tantissimo a ogni ora. «Nei romanzi più belli» diceva sempre, «ci sono tutte le genesi delle malattie mentali e comportamentali. Molte cose le ho imparate da Kafka». Quando Alma lesse *La metamorfosi* rimase sgomenta. Lo rubò dalla scrivania del padre con tutte le sue sottolineature. All'inizio non ci capì granché, ma lo lesse decine di volte, così come tanti altri libri che lui le regalava a ogni occasione. Grazie a lui si appassionò alla scrittura, e grazie a *E.T.* si innamorò del cinema. A suo padre doveva tutte le sue prime volte.

Quando nacqui io e lui diventò nonno, non era pronto. Non aveva ancora smesso di fare il padre delle sue figlie e si ritrovò tra le braccia una bambina bellissima che già viziava. Sua moglie Clara, invece, a fare la nonna non ci pensava proprio. «Sono troppo giovane, e Sarah saprà cavarsela da sola» disse. Avevo gli occhi azzurri di mia mamma e i capelli nerissimi di papà. Ma lui notò subito una cosa: avevo un broncio familiare, era lo stesso di Alma e lo fece sorridere fin dal nostro primo incontro. Quelle labbra le conosceva bene e non promettevano niente di buono.

Passarono settimane, prima che le lezioni di cinema riprendessero. Alma correva su e giù per la città, tra il lavoro in libreria e l'esame da preparare. Anche se era rimandato, doveva mettersi a studiare perché era rimasta indietro. Storia del cinema del dopoguerra. Un esame pesante che però non vedeva l'ora di mettersi alle spalle. Nelle giornate di sole andava sul prato dell'università, si sdraiava sul suo giubbotto di jeans e guardava il cielo mentre cercava di ricordare i titoli dei film.

Una mattina le si sedette accanto una ragazza con degli occhiali da sole più grandi di lei che le coprivano tutto il viso. Era minuta, capelli corti poco pettinati e un sorriso aperto che rivelava il suo diastema. Quella fessura tra i denti Alma l'aveva subito amata, anche se tutti dicevano fosse un difetto. Per giorni quella ragazza si sedette vicino a lei. Sottobraccio, un mare di quaderni neri dove prendeva appunti mentre si rollava sigarette sempre troppo larghe. Aveva una voce roca da fumatrice accanita, mani piccole e callose, scarpe da ginnastica annerite dal tempo. Una piccola farfalla luminosa travestita da ragnetto.

Un giorno le chiese da accendere. Alma perdeva sempre i suoi accendini, li sparpagliava ovunque e li ritrovava dopo mesi in qualche tasca. Allora tirò fuori dei fiammiferi con la scritta di un ristorante cinese. La ragazza sorrise e disse: «Lo faccio sempre anche io. Perdo gli accendini e rubo i fiammiferi. Non so perché i fiammiferi non si perdono mai». Mia zia le restituì il sorriso e ammise che anche per lei era la stessa cosa.

«Io sono Alma, piacere».

«Dafne. Lo so, ho un nome del cazzo. Puoi chiamarmi come vuoi».

Alma notò in quella ragazza una strana luce, una sofferenza profonda celata dietro una parlantina che si preannunciava infinita. Ce l'aveva con il mondo e con tutti quelli che lo abitavano. Era magrissima, indossava pantaloni troppo larghi e muoveva le mani così velocemente che sembravano schiaffeggiare l'aria. Era nevrotica e meravigliosa.

«Invece mi piace il tuo nome, Dafne» le disse, «proprio perché è un nome del cazzo».

Si guardarono e scoppiarono a ridere.

«Sono sicura che lo abbia scelto quello stronzo di mio padre...»

Cominciarono a parlare e non si fermarono più.

Quel giorno diventarono inseparabili. E lo sarebbero rimaste per trent'anni.

10
Abbandoni

Riempiva decine di quaderni. Adesivi, ritagli di giornale, frasi di poesie. La sua stanza era piena di poster e di musica sempre altissima. Di David Bowie aveva tutta la discografia, quella strana creatura sembrava arrivare da un altro pianeta e aveva i suoi stessi occhi, uno diverso dall'altro. Quando Alma ascoltava *Ziggy Stardust* andava in estasi e restava ore sul letto a guardare il soffitto. Aveva buoni voti, la sua loquacità incantava i professori anche se li faceva dannare perché spesso a scuola non andava proprio. Detestava stare seduta ore su quei banchi puzzolenti e sporchi di gomme americane e Uniposca fluo. Era la capobanda della classe. A ricreazione radunava i compagni in cerchio per organizzare i weekend al mare d'inverno. Era esplosiva, piena di vita, con il cuore a soffiare sempre nella direzione ostinata e contraria a tutti. La sua adolescenza fu costellata da decine di baci e amicizie sbagliate. Era buona Alma, generosa con tutti, voleva cambiare il mondo. Organizzava cineforum e incontri in libreria, lasciava libri sugli autobus sperando che qualcuno li leggesse, riempiva di frasi rubate alla letteratura post-it che attaccava ovunque si trovasse.

All'inizio molti ne erano affascinati, perché lei sapeva aiutare tutti, e tutti andavano da lei a cercare una soluzione per qualsiasi cosa: dai compiti di matematica ai consigli sul sesso. Era carismatica, non si faceva mettere i piedi in testa da nessuno e nessuno provava a farlo. C'era qualcosa però che le impediva di aprirsi davvero. Le sue assenze frequenti la portavano altrove anche con il corpo, sentiva rumori che gli altri non sentivano, le capitava di osservare in modo triste ragazzine felici – perché intuiva il loro futuro spezzato. Non riusciva ancora a immaginare il suo, ma vedeva strane figure che camminavano lungo i corridoi della scuola che gli altri non vedevano.

Aveva moltissimi amici con cui si divertiva e faceva casino. Era stravagante Alma, considerata una diversa perché viveva con il padre. Clara infatti non si faceva mai vedere, e quando le altre mamme le chiedevano dove fosse la sua, lei rispondeva sempre: «È in giro per il mondo, lavora tanto». Tutti sapevano che non era vero, ma lei faceva finta di niente. Non voleva che sua madre continuasse a farle del male e così la rimuoveva dai propri pensieri. Non aveva bisogno di lei, in fondo non c'era mai stata.

Quando diventò una signorina fu suo padre a portarla dal ginecologo, e quando si innamorò la prima volta fu da lui che andò a confessarsi. Clara era soltanto la donna che le mandava i regali di compleanno e che a Natale le scriveva un biglietto di auguri accompagnato da un paio di mutande di pizzo, che lei detestava. Il padre le regalava sempre un libro, un taccuino e un biglietto del cinema. Con lui faceva lunghe passeggiate al tramonto dove si raccontavano le loro vite. Emanuele era protettivo, dolcissimo. Lei gli confessava che avrebbe voluto trovare un fidanzato come lui e ridevano insieme dicendo che era impossibile. Era anche bello, suo padre, era alto, robusto, aveva spalle larghe da nuotatore, occhi nerissimi e un sorriso contagioso. Con l'ironia stemperava le tragedie e sapeva parlare della sua ex moglie senza rancore. L'aveva amata moltissimo, diceva, perché le aveva dato due figlie meravigliose. Diverse, certo, ma due brave ragazze.

«E allora, papà, perché Sarah non è venuta a vivere con te?» rispondeva Alma con disappunto. Lui alzava le spalle e spiegava che sua sorella doveva stare con la mamma. «Con me ci sei tu e io sono felice così». Quella risposta non la convinceva mai, ma fingeva di essere comprensiva. Suo padre le stringeva forte le mani e la guardava implorandola di cambiare argomento. 'Quanti discorsi abbiamo lasciato a metà, papà' pensava. Ma lo perdonava, sapeva quanto fosse difficile per lui crescere una figlia da solo e ce la metteva tutta. Poi prendevano un gelato con tanta panna montata e finivano per sedersi sulle panchine del Pincio a guardare i tramonti romani.

Un giorno Alma vide un venditore di palloncini. Le piacevano da impazzire quei palloncini a forma di qualcosa: principesse, pesciolini, draghi, coccodrilli. A casa ne aveva una collezione. Li teneva per mesi nella sua stanza, legati al letto, fino a quando si sgonfiavano e non ne rimaneva più niente. Dava un nome a ciascuno, li chiamava i suoi 'fratellini'. «Cosa ci troverai in quei palloncini, figlia mia» scherzava il padre. Lei non sapeva rispondere, le piacevano e basta. Le facevano tenerezza mentre provavano a farsi strada tra le mani del venditore ambulante, cercavano attenzione mentre scodinzolavano nel vento e sembravano sussurrare di sceglierli.

Quel giorno vide un elefantino dagli occhi grandi e azzurri. Era il più ammaccato, un po' sgonfio e con la proboscide stropicciata. Era certa che nessun altro bambino lo avrebbe scelto. Chissà da quanto tempo stava lì nel mucchio. Così chiese al padre di prenderle quello.

«Sembra Dumbo, guardalo!»

L'ambulante glielo legò al polso e lei fu tutta felice di averlo salvato. Lo tenne con sé per giorni, se lo portava sempre dietro, fino a quando all'ennesima passeggiata l'elefantino volò via. Alma fece un salto lento e leggero mentre lo vedeva allontanarsi, mancandolo per un niente. Gli corse dietro e scivolò davanti a un albero. Cominciò a piangere come una disperata. Aveva sbattuto la fronte ed era piena di sangue sulla maglietta, ma non piangeva per quello, piangeva per Dumbo che l'aveva lasciata. Singhiozzò per ore, le sue lacrime si mischiavano al sangue che sgorgava dalla brutta ferita sulla fronte. Le misero dieci punti e lo squarcio sulle sue sopracciglia diventò un altro dei suoi segni particolari.

Fu il primo piccolo abbandono della sua vita. I primi occhi che l'avevano lasciata. Quegli occhi così simili a quelli di sua madre.

11
Strani amori

Quando Alma fece l'amore la prima volta aveva quattordici anni. Successe a una festa in maschera, lei era vestita da indiana e lui da Bianconiglio. Era il ragazzo più sfigato della scuola, quello improbabile. Era bello come si può essere belli quando si è la pecora nera della scuola. Aveva le toppe sui jeans, portava camicie a maniche corte e una cartella di cuoio malandata sulle spalle. C'era qualcosa nel suo sguardo che ad Alma piacque. Era uno sguardo triste, profondamente pieno di dolenze e miserie. Era basso per la sua età, aveva capelli nerissimi e occhi verdi che sembravano essersi incastrati lì per sbaglio. Sedeva in ultima fila, arrivava sempre in ritardo e a ricreazione dormiva sui banchi. Un tipo strano, dicevano di lui, ma strano forte. Non andava mai alle feste, tranne a quelle in maschera, non partecipava alle recite di classe e non aveva il motorino. Eppure, quando sorrideva, ad Alma si stringeva lo stomaco. Aveva fossette profonde ai lati della bocca, dalla quale le parole uscivano a singhiozzo. Balbettava, Giacomo, soprattutto alle interrogazioni, però se la cavava sempre portando a casa dei sei stropicciati come la sua borsa.

Quando lei cominciò a frequentarlo, scoprì che era figlio di una donna giovanissima e di un mezzo balordo che stava in carcere da anni. Per aiutare la madre organizzava numeri d'intrattenimento per bambini, per quello era pieno di travestimenti. «Dentro questi costumi posso nascondere bene la mia vita di merda» le confessò. Ma nella sua voce non c'era rabbia. Era un ragazzo ironico, intraprendente, geniale a modo suo. Fecero l'amore per mesi e fu Giacomo a insegnarle il sesso. Lo sfigato ci sapeva fare, anche se nessuno lo avrebbe mai creduto. Lei era affascinata dai suoi modi goffi da corteggiatore, dalla sua balbuzie e dal suo modo di camminare veloce con le mani in tasca. Sembrava saltellasse per staccarsi da un pavimento che stava andando a fuoco. Si divertirono moltissimo, mangiavano popcorn davanti al grande schermo, cantavano a squarciagola nel cuore della notte quando Roma sapeva coprire tutto, anche due ragazzini strambi che cercavano di fare insieme un pezzo di strada.

Volle molto bene a Giacomo, anche se in cuor suo sapeva che era una storia destinata a finire presto. A differenza dei coetanei che vivevano l'amore con l'illusione di un 'per sempre', lei già aveva capito che l'eternità dei sentimenti non esiste, figurarsi a quattordici anni. E così accadde. Giacomo un giorno la chiamò per darle appuntamento al Gianicolo, non c'erano mai stati insieme. Ma si ricordò che Bianconiglio tempo prima le aveva detto una cosa particolare: che quel luogo era perfetto per baciarsi e lasciarsi. A quel punto capì. Arrivò a piedi, passeggiando sotto la pioggia e un vento che le aveva piegato l'ombrello. La strada era piena di curve e sembrava un girone infernale. Faceva freddo, lei era zuppa e i suoi stivali neri erano troppo larghi per fermare la pioggia che era colata all'interno come da un lavandino rotto. Poi lo vide, era immobile e guardava il cielo con il naso all'insù. La vide avvicinarsi, fermarsi a qualche metro e sorridere.

Si guardarono, non si dissero niente, lui alzò le spalle e lei gli mandò un bacio a distanza. Qualche giorno dopo, Alma venne a sapere che la madre di Giacomo era stata trasferita in un ufficio al nord, dove avrebbe guadagnato di più e sarebbe potuta andare a far visita al marito a San Vittore. Qualche settimana più tardi le arrivò un pacco. Dentro c'erano il vestito di Bianconiglio, un libro di poesie e poche righe scritte storte: *Sono scappato, non mi piacciono gli addii. Sei stata la mia Alice. E ogni volta che guarderai un orologio ricordati di me perché stanne certa che io lo farò.*

Alma pianse, anche se le veniva da ridere. Quel ragazzo era sfigato, sì, ma aveva il cuore di un poeta. Non lo dimenticò mai, e non perché per lei era stata la prima volta, ma perché capì che alcune persone sanno raccontarsi in modo diverso. Di questo gli fu grata. E ogni volta che la favola di Alice tornava a far capolino nella sua vita, ricordava di aver conosciuto Bianconiglio in persona. Quando me lo disse rimasi stupita e affascinata. «Anche tu incontrerai il tuo Bianconiglio, stanne certa» aggiungeva. «Tu seguilo sempre come ha fatto Alice. E anche se ti porterà dalla Regina Rossa, tu non aver paura. Lui saprà come farti tornare indietro».

A scuola era corteggiatissima, tutti i ragazzi le chiedevano di uscire. Alcuni erano buffi e maldestri, altri erano arroganti e pieni di sé. Altri ancora troppo stupidi o troppo secchioni. Da ognuno prese qualcosa. Non si innamorava mai, non ci riusciva, e quando capiva che stava per accadere scappava prima della mezzanotte. Era fatta così, non voleva impegnarsi con nessuno, voleva solo divertirsi. Spesso restava a dormire a casa di amici, ubriaca e con la testa piena di fumo, ma non perdeva mai il controllo, sapeva fermarsi un attimo prima. Il giorno dopo indossava una delle sue gonne lunghe, gli scarponcini, la borsa patchwork, ed era pronta a combattere le sue battaglie.

Si occupava della biblioteca della scuola, litigava con i professori per i programmi obsoleti e aiutava i bidelli a far passare il tempo consigliando loro libri da leggere durante le ore di lezione. Loro la guardavano perplessi. Non erano abituati a ricevere libri, al massimo qualche penna, una scatola di cioccolatini a Natale e una mancia generosa a giugno. Quella ragazza con gli occhi strani, i capelli lunghissimi e quel broncio carnoso sembrava nata altrove. Aveva una parlantina incantevole e un tono di voce pacato. Spesso nascondeva la sua chitarra nel loro ripostiglio per riprenderla nelle pause, oppure lasciava lì dentro dvd di film sconosciuti. Un giorno, a sorpresa venne a sapere del compleanno di Gino, il suo bidello preferito, e si presentò con una torta gigantesca e dei pasticcini fatti da lei.

«Buon compleanno! Pensavi davvero che non avrei scoperto che oggi fai sessant'anni?»

Gino la guardò contento come un bambino e non finì più di ringraziarla. Era vedovo da tempo, i figli lontani e una casa in estrema periferia. Aveva lavorato in quella scuola per tutta la vita. Aveva visto passare generazioni intere, la scuola cambiare, i maestri alternarsi, ma mai aveva visto una ragazza come Alma. L'unica a non portare tacchi, trucco e catenine d'oro con un nome inciso. A quell'età gli studenti si somigliavano tutti, Gino lo aveva pensato infinite volte, ma lei no, lei era una che quando passava gli rivolgeva sempre uno sguardo, era una che lo salutava e lo abbracciava alla fine dell'anno scolastico. Nessuno salutava i bidelli con quel trasporto colmo di affetto. I bidelli non ti aiutano nella promozione, non servono a nulla, stanno lì a controllare e fanno le spie, almeno così credeva la maggior parte dei ragazzini.

Quando tornava a casa, Gino era felice, dava da mangiare al suo gatto, guardava le partite di calcio e si cucinava un piatto di pasta. Lo trovarono morto sulla sua poltrona di velluto, pochi giorni prima di andare in pensione. Al funerale c'erano i professori, il preside, i due figli grandi e una signora con il cappello nero. Alma gli lasciò un fiore sulla bara e una carezza sulla foto in bella vista. La cerimonia durò pochissimo e il feretro venne portato via subito. Niente canti e poche strette di mano. Gino se ne era andato così, senza clamore. All'uscita della chiesa però la signora con il cappello lo seguì fino all'ultimo. Singhiozzava con una rara dignità. Aveva in mano una rosa rossa e una cravatta che ad Alma sembrò subito familiare. L'aveva vista indossare a Gino a ogni festa di fine anno. Lui e quella donna dovevano essersi amati in silenzio.

12
Billo

Ogni volta che andavamo al ristorante, io e mia zia ridevamo come matte. Ordinava sempre vino rosso. «Aiuta a rilassarsi» sosteneva. Parlavamo per ore delle sue storie, dei set cinematografici che diventavano famiglia, degli attori che facevano mille capricci, e della loro bellezza. Scriveva le sceneggiature durante le notti insonni trascorse nella sua casa al mare.

Viveva lì da anni e io restavo spesso a dormire da lei. Si era costruita un capanno in giardino, dentro al quale aveva messo un'amaca, tanti fiori e una enorme libreria. Per me era un parco giochi quel posto, potevo fare quello che volevo, restare in mutande per giorni, buttarmi in acqua di notte e recitare i miei copioni davanti a lei mentre mi dava i tempi. Sorrideva tanto, zia Alma, anche se dietro quel sorriso aveva una specie di freno invisibile che le impediva di scivolare via da se stessa. C'era sempre qualcosa che la tratteneva, qualcosa di minuscolo piantato nel suo cuore che come una pallottola incastrata faceva impercettibili movimenti. Spesso era sfuggente, arrabbiata, nervosa.

Trovava sempre uomini che volevano solo portarsela a letto, e forse non ne voleva di diversi.

«L'amore non è una cosa semplice, Sveva» mi diceva.

«Il sesso invece lo è, può esserlo. E per ora pratico soltanto quello».

Era terrorizzata dagli abbandoni, così terrorizzata che a un certo punto andò in un canile, prese il cane più brutto del mondo e se lo portò a casa.

«È malato, non camperà molto»: così avevano detto, ma lei scelse i suoi occhi. Vide Billo e rimase fulminata. Era bianco, ma sembrava grigio da quanto era sporco. Era chiuso dentro una gabbia puzzolente con altri due cani che scodinzolavano tutto il tempo per farsi notare. Billo non si muoveva, stava acciambellato su se stesso, alzava lievemente la testa per vedere cosa succedeva ma subito dopo tornava a dormire con gli occhi aperti. Era stanco delle tante mani che si erano allungate per accarezzarlo e per abbandonarlo di nuovo. Nessuno avrebbe preso un cane con una zampa storta, che perdeva sangue dalla bocca. Magro come uno spillo e i denti ingialliti. Aveva due anni e sembrava ne avesse cento.

«Zia, perché hai scelto lui?» le chiedevo quando lo accarezzava sul divano dove si appiccicava alle sue gambe e la guardava come nessuno.

«Non lo so, Sveva. Era infreddolito, tremante, riservato. A dire la verità, quando l'ho preso in braccio si è girato dall'altra parte, era piuttosto antipatico». Lo diceva sorridendo mentre lo tirava a sé e giocava con le sue orecchie.

«Eh, appunto, perché allora?»

«Perché è stato abbandonato».

«Zia, ma tutti i cani in quelle gabbie sono stati abbandonati!»

«Oh sì, certo» ripeteva, «ma lui è stato abbandonato tante volte. L'illusione ti scava dentro, la speranza ti inibisce, ti arrotola lo stomaco. Io ho guardato i suoi occhi e ho capito che se non l'avessi preso sarebbe morto. Quando l'ho portato a casa ha continuato per mesi a essere diffidente. Non mangiava, non giocava, dormiva tutto il tempo e io faticavo parecchio a fargli ingoiare le medicine. Un cane ferito ti strappa il cuore, o almeno per me è stato così».

La osservavo mentre raccontava e sentivo quanto amore aveva dato a Billo. Era solo un cane, ma rappresentava il riscatto che lei non aveva mai avuto. Era la prima cosa solo sua, una decisione precisa, un desiderio perseguito. La prima scelta fatta senza che nessuno glielo potesse impedire.

«Quando l'ho visto correre per la prima volta al mare ho provato una felicità immensa, sai? Ha percorso chilometri trottando con la sua zampetta più corta, la lingua di fuori e il muso all'insù. A quel punto era sicuro che non sarebbe più stato solo. Ha scavato una buca gigantesca davanti ai miei piedi e ci si è seduto dentro. Io mi sono piegata per accarezzarlo e da allora siamo diventati ufficialmente amici. Quel giorno ha cominciato a fidarsi di me».

13
Eredità

Quando Alma correva in macchina c'era sempre qualcosa che voleva lasciarsi alla spalle. Alzava il volume del suo lettore mp3 e la testa volava via. Partiva al tramonto, quando il sole era più leggero. Saliva sulla sua scatola nera ammaccata, metteva Billo al suo fianco e schiacciava l'acceleratore al massimo. Tutti s'incolonnavano per tornare in città e lei filava verso il mare. Era sempre così, quando qualcosa si inceppava nella sua pancia, nella sua testa esplodevano mille frammenti di ricordi, speranze interrotte, malesseri reconditi nati chissà quando. Fuggendo si sentiva libera: di piangere senza preoccuparsi d'esser vista, di pensare agli errori fatti, ai treni perduti, agli amori sbagliati.

Pensava a sua madre, all'amore che non le aveva mai insegnato. Pensava alle mancanze, alla solitudine di suo padre. Pensava ai propri occhi, che destavano lo stupore di tutti, e lei rispondeva ogni volta: «Non so da chi li abbia presi». Pensava al ragazzo che l'aveva toccata per la prima volta, a quello che l'aveva amata follemente e a tutti gli altri passati sotto di lei senza ricordarne il nome. Pensava al tempo che non aveva pietà e, come diceva sua sorella, la stava rendendo irreparabilmente sola. Ma non era una scelta la sua, era una condizione naturale che non voleva cambiare. Continuava ad amare a suo modo, a inventare l'amore anche se non provava quelle cose di cui tutti parlavano. Il suo cuore extraterrestre non si illuminava più e c'era qualcosa che stava cambiando in lei, ma non sapeva bene cosa. Era consapevole che quel fuggire via da tutto la faceva respirare, usciva da un'apnea perenne in cui provava a sopravvivere. Le mancava il fiato e urlava e finalmente poteva dare voce a tutti i suoi fantasmi. Era stata una bambina nostalgica Alma, era nata così e adesso che era una donna non ci poteva fare niente.

Sentiva che non sarebbe mai stata come gli altri, prenderne coscienza era stata la cosa più difficile che avesse affrontato. Era nata un po' rotta, un pezzo di carne storto, nervoso e magico. Sapeva guardare le persone, Alma, sapeva leggere i loro cuori attraverso uno sguardo. Era un dono ereditato dalla bisnonna che portava il suo stesso nome ed era stata la sensitiva del paese. Quando le raccontarono la sua storia rimase scioccata. Viveva vicino a Roma, al Turano, un luogo selvaggio con un lago azzurro e verde. Pare fosse una donna bellissima e triste, ebbe due figli che nessuno riconobbe. Si ribellò alla famiglia, scappò a tredici anni da una casa di legno che trasudava violenza. Amava il tango e andò a vivere per un po' in Argentina, da dove tornò con due gemelli in braccio e un mazzo di carte. Li crebbe da sola tra molte difficoltà. Poi quando scoprì di avere quel dono cominciò a ricevere tante persone, usava le carte ma era solo una recita, in verità le bastava chiudere gli occhi per vedere il futuro. La sua casa sul lago diventò il posto di ritrovo di tutte le ragazze in età da marito. Molti dicevano fosse una millantatrice ma al tempo stesso avevano paura di lei, dei suoi misteriosi poteri che mettevano a nudo segreti e bugie di un paesino di mille anime. Riuscì a salvare la vita a parecchie persone, evitò incidenti e salvò matrimoni, scoprì altarini e mise al mondo figli destinati a morire.

Di nonna Alma esisteva solo un ritratto, a carboncino. Quegli occhi erano profondissimi, dentro ci erano passate le anime di migliaia di disperati. E gli occhi dei suoi figli si erano perduti in quel mare di vite spezzate. Mia zia di lei sapeva soltanto questo, ma credeva fortemente nel potere delle sensazioni, dell'empatia, dei legami. La gente non sapeva più guardare, il tempo era diventato troppo veloce, frettolose le strette di mano, fuggevoli gli sguardi, fredde le carezze. Sua nonna era una donna che aveva saputo fermarsi mentre scappava via. Perché bisogna avere coraggio anche per essere felici, e lei nella sua casa d'infanzia non lo era mai stata. Lo sguardo che era rimasto impresso in quell'unico ritratto sembrava dirlo, sussurrava a mia zia che alcune persone fanno della ribellione la loro unica strada. Alma aveva ereditato quell'istinto, il suo malessere si allungava verso un passato che non aveva mai conosciuto ma che faceva parte di lei. È da lì che veniva e doveva accettarlo.

La sua macchina correva e quando vedeva il mare sentiva la potenza di quel lascito profondo. Arrivava là e lasciava correre Billo verso una libertà che non aveva mai avuto e che ogni volta sembrava ricominciare dall'inizio. Anche per lei era lo stesso.

Quella nonna sensitiva fu trovata una notte sotto una quercia. Vicino a lei un biglietto scritto a mano per i figli. Era circondata da petali di rose, si era sciolta i capelli lunghissimi e li aveva intrecciati tra le dita. Sul biglietto c'era scritto che qualcuno l'aveva chiamata, il suo compito era finito e adesso doveva lasciare quel mondo.

Non mi dimenticate, sarò terra e polvere, e continuerete a camminare sopra di me. Quando si alzerà il vento saranno carezze e quando tornerò sarà una nuova vita ancora.

Sono corsa via da un'altra parte, ma non smetterò di comunicare con chiunque me lo chiederà.

Vostra madre Alma

14
Emanuele

Quando mio nonno Emanuele prese in braccio sua figlia Alma per la prima volta, percepì qualcosa di potente in lei. Incrociò il suo sguardo e capì all'istante che sarebbe stata una donna che avrebbe sempre lottato. Non furono soltanto i suoi occhi, no, anche se erano rari. Fu il suo calore, che sapeva di terre lontane. Nei suoi tratti somatici c'era tutta la sua famiglia. Sua madre e suo padre erano sparsi qua e là su quel corpicino gracile e urlante.

Mentre guardava sua moglie Clara riposare e l'infermiera le cambiava la flebo, rifletteva che un pezzo di lei se lo era già portato via Sarah, la loro prima figlia, dodici anni prima. Alma era arrivata per sbaglio, Clara non voleva altri figli, glielo aveva detto chiaramente: «Ti ho reso padre una volta, non chiedermi di farlo una seconda. Sono giovane e voglio ancora vivere la mia vita. E tirare su una figlia è già abbastanza faticoso».

Certe donne nascono già madri, altre lo diventano con il tempo, altre ancora non lo saranno mai. Clara era una di queste. Si era sposata perché a quel tempo si fuggiva di casa soltanto se si trovava un uomo. E visto che il suo sogno di fare la ballerina era sfumato presto, Clara aveva deciso che la sua vita sarebbe cambiata. Conobbe Emanuele a una festa di compleanno. Quella sera lei indossava un vestito lilla che le aveva cucito la madre, sarta eccellente, e l'avvolgeva come un fiore. Era splendida, i suoi capelli biondi illuminavano tutto. Le unghie laccate, il rossetto rosso, sembrava un'attrice americana uscita da un film di Hitchcock.

Era anche fredda come il ghiaccio, però, aveva imparato a mettere da parte i sentimenti per lasciare il comando alla razionalità. Clara era figlia unica e viziata da due genitori che per il suo bene avevano fatto ogni sacrificio. La gratitudine non le apparteneva, dal suo punto di vista sposarsi giovane era il miglior regalo che avrebbe potuto fare ai suoi, quello che non avrebbe comportato grandi sacrifici. Non per lei, almeno.

Emanuele, famiglia unitissima e gentilezza rara, diventò la sua preda. Degli otto fratelli era l'unico che aveva compiuto gli studi. Vivevano tutti in una periferia romana ai limiti della decenza, le loro finestre affacciavano su vie non asfaltate, dove i ragazzini giocavano a pallone sbucciandosi le ginocchia e cadendo in pozzanghere che erano già un destino segnato. Le serate nel suo 'casermone' – così chiamava lui stesso la palazzina popolare – erano tutte identiche, così come i sogni si riducevano a uno solo: andarsene via prima possibile. Si viveva in mezzo alla strada e lì si imparava a stare al mondo. Ogni tanto arrivava la polizia a portarsi via qualche minorenne che aveva rubato o spacciato. La sua famiglia era bloccata in quel posto malsano, ma si volevano bene tutti quanti ed Emanuele promise a se stesso che un giorno li avrebbe portati via da quello schifo. Divorava i libri che prendeva in prestito in biblioteca e studiava, studiava tantissimo fino a farsi bruciare gli occhi. Vinse concorsi ovunque, voleva curare le persone fuori di testa, diceva, perché ne aveva conosciute così tante in quel quartiere che sentiva di volergli aprire il cervello e vedere cosa ci fosse dentro. Prese una laurea in poco tempo e cominciò a lavorare subito. Diventò un punto di riferimento nel campo della neuropsichiatria. Veniva pagato bene e finalmente si avverò il sogno di portare altrove i suoi genitori. Quando comunicò loro la decisione di comprargli un appartamento si misero a ridere con dolcezza e timidezza. «Noi siamo nati qui, siamo vecchi, abbiamo le nostre abitudini, i nostri letti consumati, le nostre pentole vecchie. Con quei soldi compra una casa ai tuoi figli, noi ce la caveremo. Siete andati via tutti, la casa è grande adesso, e ci staremo benissimo». Per loro il più grande sogno si era già avverato. Anche se era uno solo dei loro figli, ce l'aveva fatta, nonostante tutto. E tanto bastava.

Emanuele era sempre stato il più testardo degli otto figli e quella sua caratteristica lo stava portando lontano. «Sei come tua nonna Alma. Era testarda come te» gli diceva sua madre.

Rimasero nel casermone per parecchi altri anni. Morirono a distanza di pochissimo tempo l'uno dall'altra. Da loro Emanuele aveva preso il sorriso sempre pronto, la generosità, la fermezza, l'onestà. Li seppellì vicini, a lungo portò loro fiori sempre freschi. Quando divenne padre si ricordò dei sacrifici immensi che avevano fatto per lui, perché non si può mai capire fino in fondo ciò che significa avere dei figli finché non si hanno dei figli. Si cambia e si torna indietro, ricominciamo a cercare le mani di chi ci ha cresciuto e le stringiamo, anche se quelle mani sono diventate più deboli o non ci sono più.

Non ti lasciano mai. Lo diceva nonna Alma, bastava chiamarli e sarebbero arrivati, anche da morti. Per quello Emanuele diede quel nome alla seconda figlia dopo averla tenuta in braccio qualche minuto. Qualcuno glielo suggerì nell'orecchio la notte in cui nacque. Clara aveva deciso il nome della prima bimba, a lui toccava la seconda, e così scelse quella radice che sentiva piantata con forza dentro di sé. E osservando quel volto, una voce interiore gli sussurrò: dicono che i figli sono tutti uguali, ma non è vero; si amano tutti, solo che non si amano nello stesso modo.

15
Dafne

Dafne e Alma diventarono inseparabili. Studiavano insieme, tiravano fino a notte fonda a raccontarsi di loro. Dafne aveva una casa minuscola nel centro di Roma. Nel frigo solo caffè, alcolici e scatolette di tonno. Ovunque, un mare di fogli sparsi. Le locandine dei film tappezzavano quel piccolo rifugio che sembrava un'opera d'arte. Coloratissimo, pieno di lampade arancioni e ritagli di giornale.

Parlava a voce alta Dafne, le parole scorrevano una dopo l'altra senza respiro. Era sempre veloce nei movimenti, nel parlare, nella camminata. Si svegliava presto per studiare e teneva i suoi inseparabili occhiali da sole fino a mezzogiorno. Ovunque si trovasse quegli occhiali coprivano tutto, le occhiaie, i pensieri sporchi e i ricordi ammuffiti. C'era sempre tanta gente che entrava e usciva dalla sua casa: poeti mancati, musicisti rovinati dall'alcol, transessuali con problemi di cuore e seni da costruire. Lei odiava tutti e tutti amava e accoglieva.

Per Alma era sempre stata un grande mistero, ma sapeva che quella ragazza che sembrava una piccola Trilli in fuga aveva in sé una magia annerita dal tempo, che si era fatta piaga e sanguinava ancora. Non le parlò mai davvero della sua anoressia, della sua bulimia, ma Alma sapeva. Non le aveva mai detto che aveva su di sé tutto il peso di una famiglia che manteneva, ma Alma lo sentiva. Era la prima di tre sorelle. La più forte, volitiva, tignosa come una gramigna. Intelligentissima e arguta come pochi altri. Si teneva in piedi per miracolo, pesava quaranta chili, fumava come una turca ma non cedeva mai.

Suo padre tornava a casa ogni nove mesi, il tempo di mettere incinta sua madre e poi riscappava via. Non aveva mai conosciuto quell'uomo, aveva fatto lei da padre alle sorelle e a se stessa. Aveva avuto decine di fidanzati sbagliati, abortito diverse volte, ricevuto pugni in faccia e delusioni a tappeto. Quel luogo dove era cresciuta se lo portava ancora addosso. La puzza, il vomito, l'eroina, gli spacciatori. Lo schifo un po' ti si pianta addosso anche se non vuoi.

Entrava e usciva da istituti dove imparò a diventare grande e dura come una roccia. Non si lamentava mai del suo passato, quello era lì e non poteva cambiarlo; poteva far finta che non esistesse, eppure c'era e la affondava, a volte ci riusciva, a volte no.

Odiava farsi fotografare, non si piaceva, e quando Alma provava a farlo scopriva tutta la sua timidezza, la sua insicurezza. Dafne diventava rossa e sembrava una bambina con la prima caramella in mano.

Per lei l'amicizia era una cosa sacra. Aveva pochi amici e quelli che non lo erano li calpestava senza pietà. Se incontrava ignoranti in giro ci si divertiva ancora di più. «Tanto non capiscono niente di quello che dico» diceva. Sapeva essere crudele Dafne, come sapeva esserci sempre quando qualcuno aveva bisogno di lei.

Era come una piccola città sacra distrutta da un terremoto. In quelle minuscole crepe Alma cercava di entrare facendosi spazio, mentre la osservava da vicino e voleva abbracciarla. Era un cristallo delicato che si era fatto marmo. Bastava un colpo di martello per frantumare quella superficie sottile.

Il colpo arrivò senza preavviso. Era l'alba quando ad Alma arrivò la telefonata di Dafne.

«Non riesco a muovermi, devi portarmi in ospedale». La sua voce era spaventata, roca, aveva pianto. E se una come lei chiamava e diceva che stava male, stava male davvero. Non c'erano dubbi su questo.

Alma si vestì in un secondo, prese la macchina, il cellulare e avvertì suo padre.

«Papà, sto venendo in ospedale. C'è il tuo amico di turno, stanotte? Puoi dirgli che ho bisogno di lui? No, io sto bene papà, è per Dafne, poi ti spiego ok?»

Lui non fece in tempo a replicare che sua figlia aveva già attaccato.

Corse in ospedale con lei accanto, che fumava con il finestrino aperto e cercava di sdrammatizzare.

«Mi dici che succede?»

«Non lo so, mi sono svegliata così, con le gambe paralizzate, non so cosa cazzo ho ma non riesco proprio a muoverle».

«Hai bevuto qualcosa? Hai preso qualche strana sostanza?» le chiese Alma.

«Non ho preso niente, so quali effetti fanno le droghe, le conosco e non ci casco. Ho bevuto un bicchiere di tè ieri sera, sono andata a letto e mi sono svegliata così».

La guardò mentre il suo viso era rivolto fuori dal finestrino. Era bella Dafne, con quei capelli spettinati al vento e lo sguardo a mandorla, stava piangendo senza lacrime. Alma non l'aveva mai vista così preoccupata e, anche se lei tentava di scherzare con le sue solite battute, lei non ci cascava. La conosceva e quel blocco lì non poteva che arrivare da una sola parte: la sua testa.

Rimase in ospedale per un mese. Il dottor Leonardi, l'amico del padre, spiegò ad Alma che quella ragazza non aveva niente di grave. All'inizio avevano pensato a una paralisi cardiocircolatoria o a qualcosa che aveva a che fare con il midollo. Ma le analisi non avevano dato conferme in questo senso. Così l'avevano ricoverata temporaneamente in un reparto dove c'erano casi neurologici non ben definiti. La misero in stanza con una ragazzina che faceva finta di stare al cellulare tutto il tempo, che tagliava le rosette al contrario e aveva problemi con il cibo. Dei vicini di stanza urlavano parole incomprensibili e arrabbiate contro il mondo. «Mi hanno messo tra i matti» scherzò lei.

Continuava a non camminare, nonostante bombe di antidolorifici che un'infermiera le iniettava endovena. Ogni giorno Alma andava a trovarla, le portava libri da leggere, le lasciava il computer dove poteva vedere i suoi amati film. Lei scherzava sulla sua situazione e Alma faceva finta di non preoccuparsi. Suo padre diceva che quel momento sarebbe passato, che Dafne si stava trasformando come lo scarafaggio di Kafka, bisognava darle tempo.

«Papà, pensi che Dafne sia pazza, vero?»

«Non lo credo affatto» rispondeva lui, «è che ha avuto un corto circuito inspiegabile a parole. Non tutte le malattie sono descrivibili, a volte non hanno nemmeno un nome. E quando vengono dal cervello si può guarire». Emanuele aveva intuito che nel fondo di quella ragazza c'era qualcosa di così misterioso che nessuno sarebbe mai riuscito a capire davvero come guarirla. Ma sapeva anche che l'amica di sua figlia lo avrebbe fatto da sola. E il tempo giusto lo avrebbe deciso lei.

E così accadde. Un bel giorno il sole si allungò nella stanza di Dafne e mentre la sua vicina di letto continuava a parlare per finta al telefono con chissà quale fantasma, lei si alzò dal letto, guardò Alma e le regalò il più bell'abbraccio che avesse mai ricevuto.

«Senti, questa mi ha davvero scassato le palle con 'sta voce acuta. Ora glielo dico che dall'altra parte del telefono non c'è nessuno e che io adesso me ne vado. Così lei smetterà di far finta di parlare».

Era il suo modo per dire che ce l'aveva fatta, che era arrivato il momento di andarsene. Era tornata a correre, nemmeno quel corto circuito a forma di big bang era riuscita a fermarla.

Si voltò verso quella ragazza, la sentiva piangere di notte, mentre lei restava sveglia per provare a distruggere quei maledetti blocchi. La fissò negli occhi e le disse poche parole: «Cambia tu la direzione, fai davvero un numero di telefono e parla con chi hai bisogno di parlare. Nessuno ti cercherà se non lo fai tu».

La ragazza la guardò sgomenta, ma i muscoli del suo viso si rilassarono e la tensione scese. Una lacrima le bagnò il viso. Dafne prese la rosetta dalle sue mani e gliela tagliò nel verso giusto.

«Vedi, basta prendere le cose da un lato diverso. O almeno provarci. Fai quel numero, i fantasmi non usano i cellulari. Chiunque sia, sta aspettando un tuo segnale».

La lasciò così, davanti alla porta di quell'ospedale che era stato per lei un passaggio obbligato e orribile per mettere un punto e andare oltre.

La sua vita ricominciò come prima, così come quella di Alma. Ma quel momento fu il loro posto segreto che si sarebbero portate dietro tutta la vita.

PARTE SECONDA

16
Madri

Quando zia Alma mi disse che era incinta rimasi sconvolta. Non poteva essere vero. Lei era mia zia, non poteva diventare madre. Un'eterna ragazzina che andava in motorino come un'adolescente, che copriva le mie bugie, che era complice di tutte le cazzate possibili che avevo fatto. Lei, che scappava al mare quando c'erano i temporali, che scriveva fuori dai margini la sua vita, che non seguiva le linee di niente se non quelle del suo eyeliner sempre perfetto.

Alma era già una madre, la mia, e io adesso in quale posto sarei finita? Chi mi avrebbe accolto di notte, chi mi avrebbe aggiustato il cuore e la testa? Sarebbe cambiata nei miei confronti? Mi avrebbe lasciata sola?

Tutti questi pensieri mi travolsero come una bomba, non dandomi il tempo di respirare.

Mi disse che l'avrebbe chiamata Leyla. Già sapeva che era una femmina, aveva detto che era stata sua nonna Alma a rivelarglielo. Ogni volta che nella sua vita accadeva qualcosa di importante lei diceva che lo sapeva già, che parlava con nonna Alma e lei le anticipava il futuro. Io non le credevo granché, ma era bello ascoltarla. Chiudeva gli occhi e cominciava con le sue disquisizioni sull'aldilà e sui legami che non finiscono.

Non credevo in Dio, né alla vita dopo la morte né tantomeno a tutte quelle strane storie di sensitivi e cartomanti. Lei amava parlare di coincidenze, congiunzioni astrali, concatenazione degli eventi. «È tutto scritto» mi diceva. «Noi siamo tutti legati da qualcosa che arriva dal passato, viene a bussarci ogni giorno ma non siamo in grado di capire. Ogni gesto che compiamo ha delle conseguenze».

Non sapevo bene cosa rispondere, perciò la lasciavo proseguire.

«Prendi i bambini» mi diceva. «Quando nascono sanno tutto. Imparano da soli mentre i genitori credono di avergli insegnato la vita. I bambini sono impavidi, incoscienti e sempre felici. Vivono solo il presente, non hanno il passato e il futuro è troppo lontano per immaginarlo. Nel qui e ora trovano tutta la bellezza. L'infanzia è un'età luminosa, Sveva. Poi si cresce e non si fa altro che pensare a ciò che abbiamo o non abbiamo fatto, a quello che avremmo potuto fare e che faremo. Nascono le paure, e intanto il presente scorre via e nemmeno ce ne accorgiamo. Siamo troppo ancorati alle cose terrene; è alle persone che bisogna stare uniti, perché quelle restano anche quando non ci sono più».

Quando parlava così io restavo incantata. Mi sarebbe piaciuto fosse tutto vero, ma io non ero stata una bambina felice. Ero sopravvissuta grazie a lei e forse nemmeno lo sapeva. E così restavo in silenzio.

«Sono certa che io e te siamo già state legate in qualche altra parte del mondo, qualche secolo fa» diceva.

Io la prendevo in giro dicendo che era pazza, che certe cose sono tutte cazzate che inventiamo per consolarci dalla morte. Lei mi dava ragione ma poi cominciava con i suoi racconti sulle strette di mano, i primi incontri con la gente sconosciuta, le antipatie non giustificate.

Fece così anche quella notte. «Quando dai la mano a una persona per la prima volta» disse, «o quando la guardi negli occhi la prima volta, cosa senti?»

«Zia, ma che diavolo ne so? Non posso ricordare sempre quello che provo, anzi magari non provo niente».

Lei mi guardò e la sua cicatrice sulla fronte fece una piega. «Ti sei mai chiesta perché per alcune persone sentiamo una simpatia immediata e per altre il contrario, senza nemmeno averci parlato un secondo?»

«Boh, sì, ma non...»

«Pensaci bene, vai a pescare nei tuoi ricordi. Chiediteló. Vedrai che le prime impressioni che si hanno delle persone tornano sempre, dopo aver fatto molti giri».

«Mi vuoi dire che se uno mi è antipatico all'inizio farò di tutto per farmelo piacere, ma poi tornerà antipatico?»

«Qualcosa del genere, sì, più o meno è così».

Sospirai e non so perché persi le staffe: «E allora perché ti sei innamorata di Tommaso? Lui è stato uno stronzo fin dall'inizio, mi pare, e adesso ti ha pure messo incinta...».

Lei mi scrutò severa, come guardava mia madre quando litigavano.

«Tommaso non è mai stato uno stronzo. È stato sempre sincero, mi ha sempre detto la verità».

Abbassò gli occhi, toccò la sua pancia e poi volse lo sguardo altrove. Era preoccupata mentre annegava dentro i suoi pensieri.

Le posai la mano sulla testa, mentre accarezzavo i suoi capelli come a volerla proteggere, per la prima volta.

«Scusami» dissi, «però ammetti che Tommaso resta uno stronzo, uno che va in giro per mare con la scusa della libertà. Quello scappa da qualunque cosa e scapperà anche da questo figlio».

Alma sapeva che non sarebbe stato facile, sapeva che molte cose sarebbero cambiate. Aveva amato Tommaso moltissimo, ma già sapeva che quella storia non l'avrebbe portata da nessuna parte. Per lei l'amore era un legame temporaneo, un passaggio obbligato per superare il quale tutti pagano un prezzo alto, prima o poi. All'amore mia zia ci credeva, ma solo fino a quando era privo di compromessi e false promesse. In fondo lei e Tommaso la pensavano allo stesso modo, ma Alma era una donna e per lei era più difficile ammetterlo.

Restammo sveglie tutta la notte a guardare il mare e il suo respiro sempre uguale. All'alba io avevo chiuso gli occhi per riposare, Alma era già in acqua, mi aveva lasciato il caffè sul fuoco, una conchiglia e un biglietto.

Vado a fare due passi, aveva scritto.

La vidi da lontano, mentre faceva il bagno insieme a Billo che zompettava sulla battigia. Il vento faceva muovere i suoi capelli lunghissimi che sembravano piccoli serpenti poggiati sulla schiena. La luce accecava il paesaggio e io immaginai mia zia per la prima volta madre. C'era qualcosa di incomprensibilmente meraviglioso nel farlo, nonostante la preoccupazione.

Ero felice. Perché Alma meritava un figlio, e un figlio meritava lei. Con tutte le sue sbavature, le sue inesattezze, i suoi pensieri storti e la sua vita incasinata. In quel caos qualcuno doveva mettere ordine e non sarei stata io.

17
Un uomo

Serviva una barca, quel giorno sul set. Si doveva simulare una tempesta e il regista, a dispetto delle T-shirt che indossava, piene di frasi filosofiche, stava già impazzendo per l'ansia. Stavano girando un cortometraggio sull'acqua, una roba di quelle poco comprensibili al grande pubblico ma che ai festival sarebbe andata alla grande. I protagonisti erano un ragazzo e un anziano signore. Una storia di generazioni a confronto con dialoghi serrati e il mare in mezzo a loro. Sceneggiatura complicata, pochi dialoghi e parecchie inquadrature difficili da realizzare. Serviva qualcuno che sapesse governare una barca. All'ultimo momento era arrivata la disdetta di un marinaio che avrebbe dovuto simulare una scuffiata e così la produzione era rimasta senza nessuno.

«Non possiamo permetterci altri giorni di riprese» disse il direttore della fotografia, un signore perbene con il sigaro sempre in bocca e un borsalino da regista consumato. Alma era preoccupata, aveva scritto la sceneggiatura in pochi giorni, erano arrivati i soldi pubblici e bisognava finire in fretta, aveva bisogno di fermarsi per un po'. L'ultimo anno era stato tosto, con la consegna di diversi lavori e una vacanza che stentava ad arrivare. Era stanca e cominciava ad accusare il colpo. Mentre la troupe cercava una soluzione, una ragazza del catering disse che un suo caro amico aveva una barca proprio lì vicino. Ogni tanto portava in gita gente a vedere le grotte e magari era disponibile a simulare una scena.

Il regista non ci pensò due volte e lo fece chiamare di corsa, chiunque fosse stato sarebbe andato bene. Dovevano chiudere l'ultimo ciak e di corsa, altrimenti il produttore li avrebbe fatti neri.

Era un periodo difficile per Alma. Aveva tante spese, la casa al mare appena costruita, la macchina che si ingolfava e che riaggiustava ogni volta spendendo cifre folli, il corso di teatro che mi aveva regalato di nascosto da sua sorella. Si sentiva fragile ma non mollava. Dopo quel corto sarebbe partita per uno dei suoi viaggi solitari dai quali tornava ogni volta rigenerata.

Era calato il sole e la spiaggia sembrava un paesaggio lunare. Il regista stava bevendo il suo ennesimo spritz mentre provava a restare calmo. Alma era seduta sulla sabbia a giocare con i suoi capelli, lo faceva sempre quando era nervosa. Ascoltava il mare, l'unico modo che conosceva per rilassarsi, quando sentì la voce roca di Tommaso, ancor prima di vedere la sua ombra riflessa per terra, lunga e deformata.

«State cercando qualcuno che sappia guidare una barca?»

«Sì!» disse subito il regista, rovesciandosi addosso il bicchiere. Il ghiaccio rotolò a terra in un tintinnio.

«Guido barche da quando ero un ragazzino e forse avete bisogno di me».

Alma a quel punto si girò. La figura era controluce e non riusciva a distinguerne il viso. Era senza scarpe, aveva i capelli spettinati e un'abbronzatura evidente. I suoi pantaloni corti erano pieni di tasche.

Le spalle di Alma erano nude e si sentì osservata. Una specie di disagio le si posò addosso, un disagio che si fece presto brivido. Il regista provò a trascinarlo via ma lui restò a guardarla.

In quel momento il sole tramontò definitivamente sul suo volto e lo vide. I capelli riccissimi, una bocca disegnata e un paio di occhi verde fango. Ciglia lunghissime e una piccola cicatrice sul sopracciglio che rivelava un vecchio piercing. Sembrava il volto di una statua greca. Lineamenti duri addolciti da uno scalpello invisibile.

Una folata di vento coprì la bocca di Alma mentre provava a spostarsi i capelli. Tommaso si sporse verso di lei e disse piano, per non farsi sentire: «È un po' ansioso per essere un regista... E per fortuna che ha bevuto...».

Sorrise aspettandosi una complicità che Alma non era pronta a dare. Ciononostante si alzò e gli porse la mano.

«I registi sono tutti così, ma sono più bravi degli attori a recitare» gli disse.

«Tommaso d'Elia. E lei è...?»

«Io sono Alma, Alma Della Torre».

La sua mano era caldissima, rinsecchita dal vento, rugosa e piena di linee che raccontavano una vita solitaria.

«Ho scritto le parole che stanno in questo film. La sua è la scena finale».

«Immagino sia la migliore. Come tutti i finali».

«Forse sì, lo è» rispose Alma stupita da quell'affermazione.

«E allora possiamo cominciare. Io sono pronto. Devo dire qualche battuta?»

«No, deve solo guidare una barca» lo rassicurò Alma.

«Bene, perché è l'unica cosa che so fare».

18
L'incontro

Alma si buttò sul letto così com'era. Non si spogliò, rimase con i vestiti addosso sporchi di sabbia. Si sentiva stanchissima ma euforica. Il corto era finalmente concluso, la scena della barca era stata girata in poco tempo e senza intoppi. Si sentiva liberata da un peso, ma era stata una giornata infinita e piena di indecifrabili emozioni. Inutile negarlo, l'incontro con Tommaso l'aveva scossa.

Billo le saltò sopra e la riempì di baci sulle braccia e sul collo, lavandole via il sale dalla pelle.

Il mattino dopo la troupe avrebbe celebrato la fine della produzione con una piccola festa in spiaggia a cui lei avrebbe preferito non partecipare. Detestava gli addii, la facevano soffrire. Si affezionava sempre alle persone con cui lavorava sul set, e stavolta l'affiatamento della squadra era stato più forte che mai. Il regista era un giovane sognatore ed era maldestro, ne combinava di tutti i colori, ma quando gridava «Azione!» riusciva a concentrarsi e a curare minuziosamente ogni dettaglio. Veniva dal Centro Sperimentale e quel suo primo cortometraggio rappresentava un trampolino importante. Al termine delle riprese, il borsalino del direttore della fotografia era finito sulla sua testa come buon auspicio per i futuri lavori. Si era creato un bel gruppo e ad Alma dispiaceva che l'indomani dovesse sciogliersi.

Chiuse gli occhi e cadde in un sonno nero, senza sogni. Si svegliò di colpo che era già l'alba, soffiava vento forte e il mare era in tempesta. Si spogliò e fece una doccia che la rimise al mondo. Indossò un vestito bianco e si legò i capelli con la matita appuntita che usava come fermaglio. L'estate stava finendo e quel mare glielo raccontava a modo suo. Provò a telefonarmi ma il mio numero era staccato. Ogni mattina ci sentivamo per dirci ti voglio bene, era una specie di rito che andava avanti da anni. Era molto presto ma lei aveva dormito come un ghiro e adesso si sentiva piena di energia. Preparò il caffè, una moka da quattro che avrebbe sorseggiato per tutta la mattina. Si affacciò alla finestra e vide da lontano un uomo che sembrava venirle incontro.

Il solito pescatore di telline, pensò.

Aprì la porta e il cane scappò fuori per fare la sua corsa mattutina. Alma lo lasciò andare mentre riempiva di nuovo la sua tazza color lavanda. Sentì Billo abbaiare e cercò di chiamarlo, ma lui niente, non tornava. Così decise di uscire a prenderlo, c'era troppo vento e le onde diventavano pericolose. Le volò via la matita dai capelli e le si alzò il vestito, fu costretta a camminare con le mani davanti al petto.

Poi lo vide: quei ricci, quella voce, quel modo di camminare. Aveva indosso una muta nera che lo faceva sembrare Batman senza mantello.

Tommaso la guardò con un sorriso dolcissimo. Aveva poggiato la sua rete per terra e cercava di tenere lontano Billo dai granchi. «È così arrabbiato con tutti?»

«Ciao» disse soltanto. Impietrita, lo guardò piegarsi sulle ginocchia e accarezzare il suo cane.

«Un animale che sa proteggerti devi tenertelo stretto».

Il vento continuava a schiaffeggiare l'aria. Alma non aveva voglia di fare conversazione ma provò comunque a essere gentile. «Vieni spesso da queste parti?» domandò.

«Sì, mi piace qui. La costa è bassa e si pesca bene, è ancora un posto selvaggio, non so per quanto lo resterà, ma è uno dei pochi rimasti dove poter stare da soli. E tu» chiese ad Alma, «ci vieni spesso?»

Lei abbozzò un mezzo sorriso e indicò alle proprie spalle. «Io qui ci abito».

Tommaso allungò lo sguardo verso la piccola casa di legno. Era stato lì quasi sempre di notte, non l'aveva notata. Era dipinta di verde e bianco, sulla facciata una grande finestra rotonda sembrava l'oblò di una nave. Oltre il vetro gli sembrò di intuire una parete di libri. Un paio di amache facevano da sfondo a un piccolo patio, divise da un tavolino fatto di conchiglie colorate.

Alma guardò Tommaso e sentì di nuovo un brivido lungo la schiena. Conosceva quella sensazione ma non voleva pensarci.

«Ho appena fatto del caffè, ne vuoi un po'?» propose però.

Lui posò per terra la sua rete e si sfilò la muta restando in costume. Aveva gambe sottili e polpacci torniti. La pelle era levigata da un sole familiare in ogni parte del suo corpo asciutto. Portava addosso la propria bellezza senza darle peso; era lì, prepotente e vaga, a far finta di niente mentre tutto denotava la sua presenza.

«Mi farebbe molto piacere, grazie. In cambio ti regalo un po' di conchiglie, qui dentro ne sono rimaste impigliate parecchie, ci puoi fare un altro tavolo». Sorrise, cominciò a tirarle fuori dalla rete e a metterle in fila una per una. Ce n'erano di tutti i tipi e colori. Le preferite di

Alma erano quella con il buco, le ricordavano le collane che da piccola amava vendere nei mercatini fai da te in spiaggia.

«Mi aiuti a sceglierle?» gli disse. Non era mai stata così aperta con uno sconosciuto. Ci metteva sempre un po', persino a dire come si chiamava. Con Tommaso era diverso e questo la spiazzò.

La sabbia era fredda, il vento si era calmato, il sole si stava alzando e un nuovo giorno era cominciato.

19
Mare

La casa di Alma sembrava essere caduta come un meteorite in mezzo a una spiaggia lunghissima. Una parete di rocce naturali la separava da una lingua di sabbia che d'estate si riempiva di persone. Quando quella folla chiassosa tornava in città, lei tornava ad abitare lì. Diceva sempre che il mare d'estate non lo puoi vedere, coperto com'è da centinaia di corpi vestiti a malapena, con l'odore di crema abbronzante e i cestini di frutta annerita dalle ore sotto il sole. A volte restava a guardarli inorridita, tutti in fila come birilli, appiccicati e sudati, a spalmarsi doposole al cocco e spray rinfrescanti. I 'bagnanti', li chiamava, uomini e donne in cerca di un angolo di felicità anche minuscolo, dove poter rilassare i muscoli di un inverno sempre al chiuso. Non tutti avevano la fortuna di vivere in un posto così, lo sapeva bene, quello che non capiva era come mai per loro il mare cominciasse a esistere solo ad agosto. Il resto dell'anno nessuno ricordava che lui fosse sempre lì, con le sue onde infinite ad aspettare che qualcuno ci si buttasse dentro. Alma amava il mare, lo trovava uno dei doni più incredibili che il mondo avesse portato con la sua creazione. Davanti a quella distesa d'acqua increspata aveva vissuto tutte le sue più grandi emozioni.

Il mare ti porta via tutto, ma tutto riporta: l'aveva letto in un libro ed era rimasta affascinata da quella frase. Sa essere cattivo il mare, ti può inghiottire senza avvisarti, eppure c'è una magia dentro ai suoi fondali che l'aveva sempre ammaliata. Facevamo lunghe passeggiate insieme quando ero molto piccola, mi faceva camminare per chilometri mentre mi raccontava leggende legate a quel paesaggio. Era divertente osservare le nostre orme cancellate dalla risacca, giocare con le alghe a riva, contare il tempo che passava tra un'onda e l'altra. Amavo passeggiare con lei ovunque ci fosse una distesa di sabbia, poi ci tuffavamo e facevamo la gara dei salti schiumosi.

«Se tocchi la schiuma devi stare quindici secondi sott'acqua» diceva Alma.

«Ma non ce la farò mai, zia!» protestavo. «Non ho abbastanza fiato!»

Lei continuava a schizzarmi. «Certo che ce la fai» rispondeva, «tu conta, io ti tengo la mano!»

Era un modo per farmi combattere la paura istintiva che avevo dell'acqua e per insegnarmi a nuotare. Anche se un tempo molto lontano siamo stati pesci, anche se viviamo nove mesi dentro le acque delle nostre madri, quando veniamo al mondo qualcosa si inceppa, o almeno è stato così per me. È da mia zia che ho imparato a sconfiggere il terrore del vuoto sotto i piedi, dove non si tocca e sembra che qualcosa voglia tirarti giù.

«Quando sei in acqua non sai cosa può succedere, proprio questo è il bello» mi diceva. «Tu metti la testa sotto e guardati intorno, apri il naso e lascia entrare l'aria. Respirala forte». Mentre lo diceva tratteneva il respiro nel suo petto, la cicatrice sulla fronte sembrava distendersi e le guance diventavano rosse. Era bellissima. «E non guardare troppo le boe» aggiungeva con un ghigno, «ti indicano che oltre c'è un pericolo, ma spesso ti fanno fermare nel momento più bello. Dopo di loro puoi trovare la bassa marea, invece, basta camminare un po' sopra al vuoto, ma da qualche parte prima o poi arrivi e magari incontri una nuova bellezza che avevi solo immaginato».

Io la ascoltavo cercando di immagazzinare più informazioni possibili. Sapevo che Alma ripeteva le cose una volta sola, allora provavo a prendere appunti in testa senza penna. Da quelle passeggiate tornavo felice, era come se la mia vita fosse tutta lì, accanto a mia zia, e lo stomaco mi andava sottosopra mentre pensavo d'essere stata scelta dalla sorella sbagliata. Avrei voluto una madre come lei, ma con il passare del tempo capii anche che, probabilmente, se lo fosse stata non l'avrei amata così. O forse sì, ma non l'avrei mai saputo.

20
Il bisso

Tommaso era giovane ma aveva la pelle piena di segni. Le sue rughe raccontavano del sale passato su quel viso imperfetto e attorcigliato, mentre le mani erano solcate da minuscole cicatrici. Una in particolare colpì Alma, una specie di buco rotondo sull'indice sinistro. All'inizio pensava fosse un tatuaggio, tanto era rossastro, poi Tommaso le raccontò che una murena gli aveva infilzato un dente nel dito mentre lui cercava di tagliare i filamenti di una conchiglia attaccata sott'acqua a uno scoglio. «Là dentro c'era la sua tana» spiegò, «pensava volessi farle del male, ma stavo solo cercando di portarmi a casa un po' di seta».

Alma rimase perplessa. Un po' di seta? Non capiva cosa intendesse, ma lui continuava a raccontarle di quel morso e di quanto sangue avesse perso.

«Invece a casa mi sono portato questo bel regalo» le mostrò la cicatrice portando la mano sopra la sua. Lei la ritrasse e cercò di ignorare le sensazioni che la voce di quell'uomo le comunicava. Era entrato nella sua cucina da cinque minuti e non aveva mai smesso di parlare.

«Ancora un po' di caffè?» gli chiese.

Lui non smetteva di fissarla, infilava il suo sguardo come una lama dentro gli occhi di Alma, come volesse tagliare via tutti i suoi veli. Il cuore di E.T. cominciò a battere forte e lei non sapeva controllarlo.

Non sapeva niente di lui, eppure si era fidata subito. Gli aveva aperto la sua casa, dove non entravano uomini se non suo padre, gli aveva preparato un caffè caldo e lo aveva lasciato parlare. Era scalzo, indifeso e stanco, un ragazzino cresciuto che sembrava uscito da un romanzo di Salgari. Aveva un odore forte e assoluto, netto e tagliente, come il mare che si portava addosso. Odore di pelle ruvida, un odore che non aveva mai sentito e restava sospeso tra loro.

«Che vuol dire che cercavi la seta sotto il mare?» chiese, per cambiare discorso.

«Sono un collezionista di bisso» le rispose, «lo chiamano 'la seta del mare', è un filamento prodotto da una conchiglia. Non una qualunque, una 'nacchera', è enorme e si trova in profondità, soltanto in alcune zone del Mediterraneo. È il ciuffo di fibre vegetali con cui l'animale si attacca al fondale. Anticamente i vestiti di bisso erano indossati da re e regine, avevano un valore inestimabile perché per tessere pochi centimetri di quella seta servivano centinaia di immersioni. Oggi sono pochissimi i pazzi che ancora lo raccolgono. Io ci arredo la mia barca. Niente di più. In verità sarebbe illegale…»

Avvicinò una mano al viso di Alma, tese il dito con la cicatrice e lo posò sulla sua tempia.

«Il bisso, dopo averlo lavorato con un po' di limone, somiglia ai tuoi capelli» aggiunse Tommaso.

Lei arrossì, non le succedeva da quando era una ragazzina e Bianconiglio le aveva dato il primo bacio. Era stordita da quell'uomo, da quella voce così familiare eppure estranea. In quel momento si spalancò di colpo la finestra del salotto, aveva ripreso a piovere e il vento era tornato ad agitare le onde. Alma fece per andare a chiudere la finestra quando Tommaso la prese per un braccio e la attirò a sé.

«Aspetta, fa' passare quest'aria lieve. È il respiro del mare. Lo senti?»

Alma lo guardò imbarazzata.

«Quando sono in mare» proseguì lui con un'incredibile flemma, «tendo le orecchie e sento il vento quando prova ad assopirsi sotto la pioggia. Si fa strada tra le gocce e vince sempre lui. Le nuvole si spostano e gli aprono un varco come fosse un re». Nella sua voce non c'era traccia di vanità o esaltazione, nessuna pretesa di insegnare niente. Credeva davvero a quel respiro e sembrava aver scelto Alma per condividere qualcosa di intimo e importante.

A molte persone che aveva portato in barca aveva provato a rivelare misteri e leggende sul vento e sul mare, ma finiva sempre che si distraevano a fare foto con il cellulare. Ormai si era rassegnato, con gli altri quella magia non riusciva mai a prendere forma, e così si limitava sempre più spesso a parlare di nodi da fare e ancore da calare giù. Ma lei, quella donna dagli occhi strani e lo sguardo altrove, era una promessa diversa, anche se aveva una faccia sgomenta, le labbra tese e un sottile nervosismo, con la pelle che sapeva arrossire nonostante fosse scura come la notte.

Alma avrebbe capito, lo sentiva addosso, quella donna si era già appiccicata al suo sudore.

Il vento non smise di tirare, ma le gocce di pioggia scomparvero come per incanto. L'aria si fece umida e densa, era caldo anche se il sole faceva fatica a riaffacciarsi.

«Ti va di fare un bagno?» le propose.

Si presero per mano senza dire niente, come se si conoscessero da sempre. Tutto il passato di Alma scivolò via in un istante. Certe reclusioni erano annegate nelle dita di Tommaso, così come le paure e le spaccature che sentiva dentro. Si tolse la vestaglia lasciandola cadere per terra insieme al velo che copriva il suo cuore incandescente. E.T. stava rinascendo e lei, per la prima volta, non riuscì a impedirlo.

21
La tazza blu

Mi ero svegliata tardissimo, avevo visto la chiamata di mia zia e cercato di capire quando mi avesse cercato. Mi sembrava strana una telefonata la mattina presto, pensai si fosse sbagliata e tentai di alzarmi dal letto. Avevo bevuto troppo la sera prima, ero stata a cena con il mio gruppo di teatro, era venuto anche un regista che ci aveva riempito di chiacchiere sui suoi successi. Un tipo stravagante, omosessuale, esaltato e con la convinzione di essere Strehler. Ne avevo incontrati tanti così, ma avevano qualcosa di pittoresco che me li faceva piacere. Presi un'aspirina e un bel po' di caffè, avevo freddo e la stanchezza non era ancora passata. Quello era il mio giorno con zia Alma, ci eravamo promesse di mettere un po' in ordine la sua immensa libreria e come sempre le avrei portato via qualche titolo. Me ne regalava spesso, anche se non riuscivo a leggerli tutti, ma lei insisteva che mi avrebbe fatto bene anche soltanto possederli. «Vedrai che quando sarà il momento andrai a cercare tante risposte lì in mezzo» mi diceva. Io la lasciavo fare perché quando parlava di libri le si illuminavano gli occhi.

Feci un bagno caldo e mi vestii in fretta. Avevo fatto davvero tardi e Alma me lo avrebbe fatto pesare, già lo sapevo.

Presi l'ultima corriera prima di pranzo, era semivuota. Durante il tragitto provai a richiamarla. Aveva il telefono staccato, cominciai a preoccuparmi, lei non aveva mai il telefono staccato, e adesso quella chiamata persa qualche ora prima era diventato il primo senso di colpa della giornata.

La strada piena di buche scorreva con le colline dei Castelli Romani sullo sfondo. Conoscevo a memoria quel paesaggio, l'avevo osservato dal finestrino centinaia di volte. Quando guidava mia zia il tragitto era diverso, molto più breve. Prendeva strane scorciatoie in mezzo a boschi scuri e deserti, dove ogni tanto spuntava un ciclista carico come un mulo che portava frutta e verdura ai mercati di Sabaudia. Quando cominciavo a intravedere il profilo della maga Circe sentivo gli odori che mi appartenevano da quando ero bambina. Il promontorio si stagliava in cielo, sopra un mare che sembrava tagliare a metà: da una parte scoglio, dall'altra sabbia bianchissima e fitta.

Quella strada sapeva riconciliarmi con il mondo, ero sempre felice di percorrerla, sapevo che mia zia mi aspettava e il nostro rito avrebbe avuto inizio.

Arrivai che era quasi l'una, affrettai il passo con in mano un vassoio dei nostri dolci con il cappello sulla testa in segno di scuse. Il mare era agitato e il vento aveva spazzato via le nuvole, il sole bruciava nonostante fosse settembre. La chiamai più volte ma Alma non rispose, la porta della casa era aperta, la sua tazza lilla era poggiata sul tavolo di legno, la vestaglia a terra, buttata lì come se avesse avuto fretta. Una cascata di conchiglie era poggiata sull'amaca, ce n'erano di tutti i tipi e colori. Mi insospettii e cominciai a preoccuparmi sul serio. Continuai a chiamarla ad alta voce ma non ottenni risposta. Mi chiesi cosa stesse succedendo, il telefono era poggiato sul divano e lei non c'era, non era da nessuna parte. Mi affacciai in spiaggia ma non vidi nessuno, nemmeno il cane. Pensai a una passeggiata ma non era da lei camminare sotto il sole quando era così alto. La sua macchina nera era parcheggiata davanti all'ingresso, perciò non poteva essere andata molto lontano. Non capivo, avevo la testa che mi scoppiava e il cuore in subbuglio. E se le fosse successo qualcosa? Se quella chiamata persa fosse stata un grido di aiuto? Non me lo sarei mai perdonato.

Abbandonai i dolci sopra il frigo e cominciai a correre lungo la spiaggia, gridando il suo nome, lo pronunciai così tante volte che la voce mi diventò roca. Passarono venti minuti, quando a un certo punto vidi trotterellare verso di me Billo, zuppo e scodinzolante. Mentre si avvicinava cercai di capire dove fosse Alma.

La spiaggia mi sembrò lunghissima, ma poi la vidi. Era lontana lontana, in mare aperto, nuotava verso la riva facendo lunghe e lente bracciate. Provai a chiamarla, e intanto mi dissi: 'Stava solo nuotando e io avevo subito pensato male'. Avevo paura che le fosse successo qualcosa solo perché non mi aveva risposto al telefono. Dovevo darmi una calmata.

Mentre lei si sbracciava, Billo saltava al mio fianco, ansioso di riabbracciarla. Alma aveva fatto il bagno con una maglietta nera annodata sopra l'ombelico che adesso le stava attaccata al corpo a delinearne ancora di più le forme. Il nodo si era quasi sciolto e poggiava su un costume blu con dei ciondoli rumorosi sui fianchi. Quando fece per uscire dall'acqua tirò indietro i capelli, aveva il solito broncio e un po' di rimmel sciolto sotto gli occhi. Corse verso di me con un sorriso indecifrabile.

«Mi stavo preoccupando» ammisi, «ho visto tardi la tua chiamata, scusa. Ma che fine avevi fatto?»

Lei mi guardò e per un attimo non disse niente.

«Me lo dai un abbraccio?»

Scoppiai in un sorriso ancora teso e mi buttai addosso a lei con tutta la forza che avevo. «Mi hai fatto prendere un colpo, zia! Non lo fare mai più che non mi rispondi eh».

«Sveva, non sono mica morta! Ero solo andata a fare un bagno!»

«Non fai mai bagni a quest'ora. Mi sembrava strano, ecco... È tutto ok?»

«Ok cosa?»

«Eddai, non farmi fessa, hai una faccia stramba, è successo qualcosa?»

Alma sciolse il suo abbraccio e mi disse di rientrare in casa che l'ora del pranzo era passata da un pezzo. «Comunque sei in ritardo, hai questo maledetto vizio, sai che non lo sopporto» aggiunse.

«Hai ragione, scusa, però se vuoi, dopo aver messo in ordine la libreria, ci mangiamo una cosa buonissima!»

Zia capì al volo e mi disse: «Ma il cappello del dolce è quello grande?»

«Puoi scommetterci, grandissimo! Li ho poggiati sopra il frigo, saranno più morbidi per affondarci la faccia».

Alma tirò fuori dal frigo un buon prosecco, lo faceva solo per le occasioni speciali. Era eccitata, su di giri, felice come non l'avevo mai vista. Mentre si tamponava la testa con un asciugamano notai la sua pelle abbronzata e il suo corpo snello controluce. Amava stare in mutande e a piedi scalzi, spesso indossava vestaglie colorate che riportava dai suoi viaggi in oriente. Si legò i capelli con la solita matita spuntata e si spruzzò quella vaniglia che avrei riconosciuto fra milioni di persone.

«Sono pronta. Mi metto a cucinare» disse. «Uova al bacon?»

Sapeva che le adoravo e non aspettò che annuissi. Si mise davanti ai fornelli, amava coccolarmi con i suoi piatti. Stava canticchiando una canzone delle sue e ogni tanto guardava il cellulare.

«Sveva, puoi dare tu un po' di acqua a Billo? La ciotola è lì sotto» mi disse, indicando il piccolo carrello all'angolo. Feci per prenderla quando notai un oggetto che prima, nella concitazione, mi era sfuggito. Iniziai a intuire il perché di quella nuotata, e soprattutto di quella faccia stramba e di quel sorriso che trascinava tutto.

«Come si chiama?» le chiesi a bruciapelo.

Lei si girò di colpo mentre friggeva le uova. «Come si chiama chi?»

«L'uomo della tazza blu». La alzai e feci un sorriso malizioso. Era ancora piena. «Come si chiama?»

Alma scoppiò a ridere e disse che da grande avrei dovuto fare il detective privato, altro che l'attrice! Aveva ragione, sono una che ha sempre notato i dettagli di qualsiasi cosa, è un'ossessione quella per i dettagli, soprattutto se sono scritti su un viso così familiare come quello di mia zia.

«Tommaso, si chiama Tommaso».

Mise le uova nel piatto e mi fece sedere a tavola.

«È un bel nome, zia».

«Sì, lo è» disse. «Anche lui ha una cicatrice, sai?»

22
Tommaso

L'acqua era gelida e Tommaso si tuffò senza esitare. Tese la mano ad Alma mentre lei di nuovo cercava di entrare dentro i suoi occhi. Qualcosa in Tommaso le ricordava il padre, non sapeva bene cosa, ma quello sguardo perduto chissà dove le aveva fatto pensare a lui.

Il mare era scuro, sembrava petrolio. La vela di una barca in lontananza macchiava di colore quella distesa infinita. Nuotarono insieme, sott'acqua i loro corpi si cercarono trovando un respiro inaspettato. Un'apnea che attutiva i battiti dei loro cuori che si erano trovati dentro un luogo disabitato da troppo tempo.

Fecero l'amore di fianco a una distesa di scogli appuntiti, nei loro corpi nudi c'era una volontà di sentirsi di nuovo vivi.

Per Alma fare l'amore era sempre l'inizio. Se le piaceva un uomo, non era una di quelle donne che si fanno mille problemi e aspettano prima di conoscerlo meglio. Il corpo per lei era la prima prova di appartenenza e riconoscenza. «Siamo fatti di carne» diceva sempre, «è da lì che dobbiamo sempre cominciare, la carne non mente mai». Tutti i corpi che aveva amato li aveva prima presi tra le sue braccia, mangiandosi il respiro affannato, i sorrisi vaghi e timidi, la bocca arrossata dai morsi.

Sudore e saliva si mischiavano a dettare nuovi sospiri che si facevano portatori di verità. Alma era una donna libera, sapeva darsi senza troppe parole. Quelle arrivavano dopo, se valeva davvero la pena. Da ragazza, dopo la storia con Bianconiglio, aveva sempre ripetuto lo stesso rito, le bastava uno sguardo per capire, per capire se davvero ne valesse la pena. E anche soltanto per un giorno o una notte, Alma aveva amato tutti quei corpi addosso al suo. Era bravissima anche a capire se uno voleva solo portarsela a letto, e allora si divertiva a farsi corteggiare, almeno per un po', finché consumato l'atto d'amore se ne andava lei per prima, come di solito fa la maggior parte degli uomini. Ad Alma piaceva fare l'amore, le piacevano certe vibrazioni, certe energie, dovevano solo essere sincere, da parte di entrambi. Al resto ci pensava la vita.

Quando sentiva che il coinvolgimento diventava eccessivo era pronta ad andarsene, da cosa non lo aveva ancora compreso del tutto, ma certo doveva andar via prima lei degli altri, prima lei di sua madre o di sua sorella, prima lei di quella bambina che era stata e che l'abbandono aveva inghiottito dentro gli anni più piccoli e più importanti della sua vita. Cercava sempre vie d'uscita, ovunque si trovasse. Vie d'uscita da uno sguardo e da una stanza troppo chiusa, cercava una porta o una finestra da dove sarebbe potuta scappare.

Tutti dicono che l'infanzia è l'unico momento della vita in cui si è davvero felici, ma non è vero. Conosceva occhi di bambini per i quali l'infanzia era solo una gabbia che toglieva il respiro, e quando quel respiro cominciava a mancare, i suoi occhi si rivolgevano a quelle finestre che spalancava all'istante per poter guardare il cielo. Quelle finestre immaginarie che apriva tutte insieme dentro la sua testa, da dove faceva entrare un po' di luce per non essere inghiottita da quelle nubi oscure e familiari che l'avevano vista crescere nell'abbandono più importante di tutti, quello di sua madre.

Tommaso era come lei. Orfano di madre, un padre che non aveva mai conosciuto e che gli aveva lasciato in eredità una barca a cui aveva dato il nome della madre, *Leyla*. Il suo vecchio non aveva un soldo, viveva su un'isola abbandonata da Dio e dagli uomini, un lembo di terra minuscolo. Aiutava i pescatori a vendere il pesce mentre seduceva le isolane con quei boccoli capricciosi che lo facevano sembrare un moderno Ulisse. La casa di una zia centenaria era diventata il suo rifugio, lì Tommaso era cresciuto, all'ombra di fantasmi sconosciuti. Visse su quell'isola per vent'anni, a piedi scalzi e con la pelle bruciata. La sera usciva in barca con Carmine, un anziano pescatore che gli insegnò tutti i segreti del mare. Carmine era vedovo, un burbero solitario che parlava con i pesci e bestemmiava tutto il giorno, ma a Tommaso fece da padre ben prima che il suo decidesse di abbandonarlo. La sera i due si ubriacavano in taverne sporche e puzzolenti mentre la terraferma era un miraggio.

Quando d'estate arrivavano i turisti, Tommaso prendeva la barca di Carmine e diventava la guida più richiesta dell'isola. Ne conosceva ogni angolo più remoto, e spesso ci finiva con le turiste inglesi che faceva arrossire mentre le onde sbattevano sugli scogli. Tirò su un bel gruzzoletto, fece l'amore con centinaia di ragazze che tornavano lì ogni anno solo per lui. Finché un giorno si stancò di quella vita e decise di cambiare aria. Aveva trent'anni, Carmine era morto d'infarto mentre beveva il suo ultimo whisky e la sua barca colava a picco. Per

Tommaso l'isola senza di lui era diventata arida, l'ancora che lo teneva lì si era staccata ed era tempo di salpare.

Qualche mese dopo, arrivò una lettera di suo padre dove gli scriveva che la sua vita stava per finire e che era giusto che a lui, unico figlio, lasciasse qualcosa per farsi perdonare. E così la 'Leyla' era diventata la sua casa e il suo lavoro. Andava per mare cinque mesi all'anno, il resto del tempo faceva piccoli lavoretti e insegnava ai corsi di patente nautica. Nei giorni liberi cercava il bisso e le conchiglie colorate. Aveva imparato a raccogliere la seta di mare con Carmine e ogni volta che staccava un pezzo di quel prezioso filamento gli sembrava di riprendersi un pezzo di quell'uomo a cui aveva voluto molto bene. E sempre al mare tornava, un richiamo troppo forte per lui, che sulla terraferma non ci aveva mai saputo stare a lungo. Cercava isole, cercava pezzi di terra dove approdare, come a ricomporre un puzzle che non aveva mai visto per intero. Rubava paesaggi qua e là insieme a nuove strette di mano. La sua irrequietezza era innata, i suoi piedi dovevano camminare sempre lungo strade diverse, per riempire vuoti, assenze, mancanze mai davvero colmate. Aveva imparato a restare in equilibrio, senza mai trovarlo davvero, come la macchinetta del caffè nella sua barca: sempre instabile. Quel dondolio somigliava alla sua vita, mai dritta, come sospesa in mezzo al mondo.

Poi arrivò Alma che oscillava anche lei, che non riusciva a stare immobile. Alma veniva dalla terra, eppure aveva imparato a cadere come lui. I suoi occhi erano pezzi di mare, quello verde delle acque torride, quello azzurro delle acque limpide della sua isola, e forse aveva sentito, per la prima volta nella sua vita, che quella donna poteva essere il suo unico approdo.

23
Emanuele

Quando la madre di mia zia se ne andò era un giorno d'estate. C'era lo stesso caldo rovente del giorno in cui l'aveva messa al mondo. Alma era sdraiata sul letto a leggere un libro preso in prestito in biblioteca, uno di quelli con le copertine lise e scolorite. Il trattato sulla felicità di un filosofo indiano di cui non è mai riuscita a ricordare il nome. La matita sottolineava spesso frasi che lei poi trascriveva su dei post-it e attaccava su una bacheca di sughero insieme ad altre di ogni tipo, anche prese dai cartoni animati o dai film. Era fissata con le parole, mia zia, divorava i vocabolari e le piaceva quando scopriva termini nuovi di cui non conosceva il significato. Quando era bambina riempiva suo padre di domande; le piacevano le parole strambe, quelle con i doppi significati che cambiavano con l'accento, o quelle lunghe, o quelle che finivano con -ente o -ante. «Hanno il suono lieve» diceva a mio nonno.

«Che vuol dire accomodante, papà?»

«Prendi il vocabolario» le rispondeva.

«E impertinente? Eh, che vuol dire impertinente?»

Emanuele si divertiva a scrivergliele sopra minuscoli bigliettini di carta che poi le faceva pescare nel suo cappello. Alma estraeva quei foglietti tutta eccitata, li apriva e quando ricordava il significato corretto cominciava a saltellare di gioia. Quando invece non riconosceva le parole metteva il broncio e poggiava le mani sui fianchi. Emanuele la guardava di soppiatto mentre gli veniva da ridere. Quella ragazzina era un vulcano di espressioni che faceva venir voglia di stringerla ogni volta che inarcava le sopracciglia mentre era tutta intenta a pensare. Ma imparava, imparava tanto, e suo padre era diventato per lei 'l'uomo dei bigliettini appallottolati'. Alma li aveva conservati dentro un'ampolla di legno che ancora conservava gelosamente. Quando l'apriva sentiva ancora l'odore forte delle mani di suo padre, quel sapore di terra e muschio ce l'aveva conficcato dentro, le aveva invaso il corpo e il sangue. Certi odori non si dimenticano mai, arrivano quando sei ancora un pezzetto di carne alto un metro e trenta, impari a memoria poesie che non dimentichi più, tabelline che sai per tutta la vita, preghiere che riecheggiano in eterno. E così gli odori, delle persone, dei dolori, della felicità. A dieci anni ti entrano dentro come pallottole, non ti uccidono ma perforano ogni parte di te ed escono quando meno te lo aspetti.

Di quel giorno Alma ricordava ancora l'odore del minestrone con le patate che Emanuele stava cucinando. Ricordava il trillo del telefono, la voce della madre lontana ma chiara, la tv in sottofondo con un quiz a premi. Ricordava il caldo e una parola, la prima che finiva per -ente con nessun suono lieve.

«Lo fai veramente, Clara? Sei sicura?»

E lei in silenzio a cercare di capire.

«Me la caverò certo, ma ti sei innamorata? Ormai puoi dirmelo».

Emanuele teneva il tono della voce basso, sussurrava alla cornetta mentre guardava dritto il muro. Si toccava i capelli nervoso mentre non riusciva a stare fermo.

Quando mia zia mi raccontò quell'episodio, mi si attorcigliò lo stomaco. Ogni volta che ci tornava sopra aggiungeva un pezzetto in più e quei dettagli che io amavo diventavano un unico quadro che faceva male guardare.

Alma si affacciò sul corridoio ma lui non se ne accorse. Stava guardando un uomo, solo un uomo che aveva amato profondamente una donna che gli aveva fatto molto male ma che lui aveva sempre perdonato.

Quel giorno suo padre capì che Clara sarebbe andata via per sempre. Le pareti della casa si strinsero, diventarono bollenti, e mia zia sentì un caldo asfissiante mentre provava a respirare.

Mio nonno attaccò il telefono e rimase per un tempo indefinito a fissare il muro, si allentò la cravatta e tirò un sospiro profondo. Alma guardò quell'uomo che in pochi secondi le sembrava vecchio, un tempo malvagio aveva ingoiato in un solo attimo ogni speranza e il suo viso crollò a terra insieme alla cravatta e restò immobile, congelato come una statua di ghiaccio.

Quando dicono che i bambini ci guardano è vero. Ma non sono solo bambini, sono persone; piccole, ma persone. Me lo diceva sempre mia zia nelle nostre lunghissime chiacchierate. Quella bambina che era non l'aveva mai dimenticata. A dieci anni non si possono capire certe cose, eppure quel giorno lei sentì un forte dolore alla gola, aveva voglia di piangere ma si trattenne perché non riusciva a capire esattamente cosa stava succedendo.

Che volevano dire quelle parole? Innamorata di un altro? Cosa significava per una ragazzina, che dell'amore non sa ancora niente? Ma quando guardò suo padre era come se le parole non fossero più tali, si erano fatte sensazioni, suoni forti che facevano lo stesso rumore di uno schiaffo. Alma voleva corrergli incontro per stringerlo forte, per farsi spiegare.

Si fermò sull'uscio quando vide che sul viso del padre una lacrima cominciò a scivolare irrequieta e libera, una lacrima che aveva trattenuto per anni e che adesso, finalmente, trovava la strada per uscire. E così vide la luce, mentre il padre calò nel buio.

Fu un momento confuso. E dentro Alma si ruppe qualcosa che non fu più riparato.

Suo padre si era chiuso in bagno e lei non sapeva cosa fare. Spense la tv e cercò di capire cosa stesse succedendo. L'odore di minestrone bruciato cominciò a invadere la casa. Passarono minuti che sembrarono infiniti e cominciò a chiamarlo.

«Papà, spengo il fuoco, che la cena sta bruciando. Papà, tutto bene? Hai bisogno d'aiuto?»

Alma avvicinò un occhio al buco della serratura del bagno ma vide nero. Pochi secondi dopo sentì girare la chiave e vide mio nonno con gli occhi arrossati e la pelle avvizzita.

«Se vuoi usciamo a farci una pizza allora. Ti va una bella margherita?»

Alma lo guardò cercando di capire cosa fosse successo.

«Ma il minestrone, papà, è da stamattina che stai dietro a quel minestrone».

Emanuele sfoderò un sorriso dei suoi, uno di quelli che sapevano riaggiustare tutto. Le fece una carezza sul viso e disse che aveva voglia di prendere un po' d'aria e che in verità il minestrone con quaranta gradi non era stata una grande idea.

Sorrideva, Emanuele, sorrideva forte per spazzare via il dolore. Alma gli prese la mano e gli disse: «Papà, però adesso aggiustati questi capelli che se mi devi portare a cena fuori non mi puoi mica portare conciato così».

«Perché, cos'ho che non va?»

«Sembri uscito da un incontro di boxe!»

In verità era proprio così, ma certi pugni colpiscono in parti del corpo che non si vedono e i lividi sanno nascondersi bene.

Alma prese il pettine a denti larghi che gli aveva regalato per Natale, lo pettinò con dolcezza e gli mise a posto la camicia.

«Facciamo il gioco dei fidanzati, papà?»

A mia zia piaceva moltissimo uscire da sola con suo padre.

«E che fidanzato sia!»

«Sei bellissimo adesso».

«E tu sei la donna della mia vita» le disse.

Poi però le rivolse il sorriso più triste che Alma avesse mai visto.

Negli anni successivi imparò a guardare suo padre, che sorrideva sempre anche se il mondo stava andando in pezzi, sorrideva per qualunque cosa, ma aveva quel sorriso sempre triste che hanno i pagliacci: disegnato, colorato di quel cerone che copre tutto, anche la verità.

24
Il portafortuna

Alla fine della cena con suo padre, Alma tornò a casa con una sensazione di vuoto. Era stato un fidanzato assente, anche se con tutte le forze aveva provato a giocare con lei per farla divertire. Era sempre bravo a schivare le domande, mio nonno, ma lei quella sera non aveva molta voglia di parlare.

Il cielo era pieno di stelle, gli stornelli romani facevano da sottofondo a quella atmosfera sospesa tra loro. Con un movimento maldestro Alma aveva rovesciato un bicchiere di vino rosso sulla tovaglia a quadretti e aveva chiesto scusa con un ghigno sul volto. Era irrequieta e silenziosa. Nemmeno la pizza fumante con i funghi che tanto amava era riuscita a tirarle su il morale.

D'un tratto decise di chiedere al padre cosa faceva esattamente di lavoro. «Cioè, che vuol dire che curi la testa delle persone?»

Era curiosa Alma, come tutte le ragazzine. Emanuele la guardò e le disse che era un mestiere molto complicato, che c'erano tanti uomini e tante donne che non volevano farsi curare e quelli erano i casi più difficili.

«Ma curarsi da cosa, papà? Dalla febbre? Dalle malattie? Cos'hanno?»

Emanuele sorrise e alzò platealmente gli occhi verso il

cielo. Era una serata di quelle che se spegni tutto le strade restano illuminate da un tappeto di stelle. Un cielo simile a quello che si vede dalle barche in rada in mezzo al mare d'agosto.

«Le vedi quelle stelle? Alcune sono allineate per bene, formano costellazioni, come le Orse, i Carri. Sono moltissime e hanno dei nomi precisi».

Alma aveva il naso rivolto all'insù e cercava forme riconoscibili in quel firmamento.

«Alcune sono più luminose» commentò. «Perché?»

«Sono solo più vicine alla Terra, o almeno così dicono gli astronomi».

«E come si chiamano quelle vicine?»

«Hanno tanti nomi: Alma, Sirio, Canapa, Arturo, Procione e...»

Alma scoppiò a ridere. «Procione? Ma che nome è! Il procione è un animale, papà, l'ho studiato a scienze. È tipo un orsetto lavatore buffissimo».

Emanuele osservava sua figlia mentre parlava, la immaginava da grande con quegli occhi strambi e bellissimi e, in mezzo, quella cicatrice che richiamava l'attenzione. Che ragazza sarebbe stata senza sua madre? E lui ce l'avrebbe fatta, da solo, a crescerla sana di mente?

Era perso nei suoi pensieri quando sentì la voce di Alma che provava a ridestarlo.

«Ehi, hai sentito cosa ti ho detto?»

«No, scusa, cos'hai detto?»

Di nuovo quello sguardo, di nuovo quell'ombra negli occhi.

«Cosa c'entra il tuo lavoro con le stelle!? Fai lo psichiatra astronauta?»

Emanuele scoppiò in una risata rumorosa, quella ragazzina non la smetteva mai di fare domande, gli risparmiava le più scomode ma pretendeva risposte su qualunque cosa si trovasse sotto il suo naso.

Si versò il vino, ne bevve un sorso leggero e le disse qualcosa che Alma non capì granché, ma mentre parlava le rughe sul suo viso si distesero e così lei lo stette ad ascoltare in silenzio.

«Ci sono stelle che non si vedono, stanno nascoste, inghiottite dalla grandezza del cielo, che a volte le copre con le nuvole e a volte le scopre troppo. In alcuni momenti quelle stelle possono essere invisibili, ma restano stelle». Fece una breve pausa, per essere certo che avesse capito, prima di proseguire. «Io diciamo che provo a cacciare via quelle nuvole dalla testa delle persone, a fare spazio alle stelle che hanno dentro. Sposto un po' il cielo e me le vado a prendere. Non è sempre facile, sai, perché loro si nascondono, non sono abituate alla luce, e così provano sempre a tirarsi indietro e a cercare una nuova nuvola con cui coprirsi».

«Sono timide?»

«In un certo senso sì, lo sono».

«Ma quelle nuvole cosa sono per le tue stelle?»

«Sono il passato, sono le mancanze, sono i buchi neri che appartengono anche agli esseri umani, non solo alla galassia».

Alma spalancò gli occhi. «Ma tu come fai a prenderle?»

«A volte le prendo, altre no. Il mio compito è quello di aiutarle a uscire per farsi vedere in tutto il loro splendore. A volte me lo permettono e, quando succede, vuol dire che sto facendo bene il mio lavoro».

«E quando non succede?»

«Riprovo e riprovo ancora, finché non ci riesco».

Gli occhi di Alma si fecero tristi tutto d'un tratto, diventarono lucidi e tremendamente spaventati.

«E se un giorno il cielo copre la mia stella, tu che fai, mi vieni a prendere, papà?»

«Certo che vengo a prenderti».

«E se non ci riesci, riprovi?»

«All'infinito, finché non vengo a salvarti».

«E se le nuvole mi nascondono troppo e io non ti vedo più?»

«Io ti vedrò comunque, amore mio, anche se dovesse passarti addosso il più tremendo temporale di tutti i tempi. Io ti troverò sempre».

«Vieni con un'astronave? Una di quelle dei film, bianche e supergrandi?»

«Promesso, Alma, te lo prometto, verrò con una di quelle».

Da un angolo della sala, il cameriere osservava quella coppia di padre e figlia, non osando interrompere il loro idillio galattico. Anche lui viveva solo con sua figlia e quello sguardo lì lo conosceva bene. Gli sguardi dei padri che crescono i figli da soli si somigliano tutti. Dentro ci puoi leggere il disagio, la paura di non essere all'altezza, la sofferenza che ti mangia dentro tutta la vita. Finché i figli non crescono davvero e tiri un sospiro di sollievo per avercela fatta, o almeno quell'illusione di avercela fatta mette a posto un po' di cose. Quando però fu pronta la fetta di torta che avevano ordinato, il cameriere fu costretto a intromettersi nella conversazione.

«Questa è per la regina delle stelle!» disse.

Alma fece un gran sorriso e cominciò a divorare il suo dolce. Emanuele continuò a studiare i suoi gesti, il suo modo di parlare, i suoi capelli nerissimi che contrastavano con il volto bianchissimo. Somigliava così tanto a quella lontana nonna Alma che a volte sembrava di vedere sua figlia in quell'unico ritratto rimasto.

Quante cose avrebbe voluto spiegarle, ma era ancora troppo piccola, non avrebbe capito, e si limitò a farle una carezza tra i capelli.

E invece Alma aveva capito tutto, e si risparmiò l'unica domanda della quale avrebbe voluto avere la risposta. Se la fece in silenzio, mentre sorseggiava la sua Coca-Cola e il padre si alzò per andare a pagare il conto.

Com'era bello suo papà, pensava. Con quei pantaloni stretti e il maglione spesso che gli avevano regalato i suoi genitori. Era vecchissimo, lo aveva fatto a mano sua nonna. Una lana pesante e immortale che aveva trascorso gli anni nei cassetti foderati con la carta marrone fermata dalle puntine che puzzava di naftalina.

Allungò il collo verso il cielo, Alma, era limpidissimo ma le veniva da piangere. Pensò a cosa le aveva detto poco prima suo padre, al lavoro che non aveva ancora ben capito, e si chiese perché il padre non fosse riuscito a riprendere la stella di sua madre.

«Andiamo Alma, è tardi. Questo te lo manda il cameriere».

«Cos'è, papà?»

«Un portafortuna, una specie di talismano, credo».

Alma lo prese tra le mani, era un piccolo elefantino azzurro, con la proboscide all'insù e le zampe storte. Si girò verso quel ragazzo con le lentiggini e lo ringraziò con lo sguardo. Mise il suo nuovo elefantino in tasca e con l'altra mano prese quella del padre.

Il Tevere scorreva lento ma faceva rumore. Roma era deserta, i fari delle macchine illuminavano le strade a intermittenza. Ogni tanto passava una barca con le luci colorate, una di quelle che portano i turisti in giro per la capitale. Sullo sfondo una musica popolare, flash di macchine fotografiche e risate sconnesse. Quanto deve essere bella Roma per chi non ci abita! Un dipinto animato negli occhi dello straniero. Un capolavoro di città. Per chi ci vive invece sembra essere sempre stanca, con il respiro affannato, una gigantesca stazione metropolitana che si dilata per il traffico e le distanze che si allungano a ogni semaforo. Una città che ti inghiotte e ti sputa fuori dalla pancia. Roma la devi guardare in apnea, come un sub che in silenzio sa arrivare negli abissi del mare e davanti a cui si spalancano paesaggi inaspettati. Se respiri troppo Roma, ti entra dentro e ti intrappola, come la pancia della balena, e rischi di restarci dentro tutta la vita.

Alma ed Emanuele restarono affacciati sul ponte per un tempo infinito, in silenzio, a raccontarsi i pensieri come sapevano fare solo loro.

Amavano la loro città e se lo dicevano spesso. Di notte poi Roma spegneva quella fretta che tutto inghiottiva. Era finalmente nuda, libera di riposare tra i suoi monumenti ferocemente maestosi e mangiati dallo smog. Le sue cupole spuntavano dai palazzi e sembravano osservarti inquiete. I platani del lungotevere si attorcigliavano tra di loro, con quelle radici forti che riuscivano a scavare il terreno e a farlo sbalzare in una buca. Sembravano combattere tutto il tempo per allungare i loro piedi e farsi notare da una città che li trattava senza nessuna pietà.

C'era un vento rumoroso quella sera, e mentre Alma guardava ancora le stelle sentì un calore strano avvolgerle la schiena, somigliava a una carezza. Quando tornarono a casa restò sveglia fino a tardi dentro il suo letto, gli occhi aperti rivolti al soffitto e un libro a farle compagnia.

Emanuele restò sveglio tutta la notte, la musica bassa

a riempire i vuoti di una casa solitaria. Alma si addormentò e sognò sua nonna, della quale aveva ereditato il nome e forse qualcos'altro. Nel sogno era al buio e le prese la mano per stringerla fortissimo: era calda, morbida e piena di strane scritte. Una era a forma di stella, non riuscì a leggerla ma sembrava illuminarsi ogni volta che la toccava.

Sentì un brivido e un freddo improvviso, cominciò a sudare mentre nonna Alma era seduta accanto a lei. Aveva il suo stesso volto e i suoi identici occhi. Mentre la guardava le sembrava di guardare se stessa. Non aveva paura, era sempre stata sedotta dai morti, credeva che anche loro cercassero ogni tanto una via d'uscita per prendere aria e magari farsi due chiacchiere con i vivi.

Tutti i bambini avevano paura del mostro sotto il letto, delle luci spente e dei rumori sinistri delle case sconosciute. Non Alma, non lei. D'un tratto si svegliò, sentì un rumore sordo, l'elefantino poggiato con la proboscide di ceramica e le zampe storte era caduto dal comodino. Alma si spaventò e quando lo riprese da terra sentì come una carezza sulla sua spalla. La stessa che aveva sentito addosso mentre era affacciata sul fiume, ma non fece in tempo a girarsi che già non la sentì più.

Strinse forte l'elefantino, era bollente anche lui, suo papà le aveva detto che era un portafortuna e adesso sapeva a chi doveva donarlo.

25
Follie

Ho sempre pensato che mia zia fosse folle. Di quei pazzi che scombussolano tutto, di quelli che rovesciano le cose a testa in giù per farne uscire anche la sabbia ficcata nelle tasche. Le dedicavo spesso le poesie del mio amato Artaud.

Era un terremoto continuo, un epicentro contagioso.

A volte andava via chissà dove, senza lasciare la stanza. Se ne andava mentre scriveva qualcosa, o mentre girava il caffè per minuti interi facendo un rumore insopportabile con i cucchiaini di coccio colorato. Aveva ferite invisibili e le sapeva mettere sottopelle per bene, ma sentivo quando le accarezzava di nascosto, quando ricordava alcune cose di sé che non voleva rivelare a nessuno, nemmeno a me. A volte era nervosa, silenziosa, irritabile. Altre volte era un concentrato di energia che riempiva tutto intorno con quel sorriso bellissimo che mostrava i suoi denti appuntiti, bianchissimi e leggermente storti. Non aveva mai indossato l'apparecchio, nonostante Clara avesse cercato di imporglielo ogni sera. Era una regola e le regole per lei erano sempre motivo di profondo malessere, soprattutto se dettate da sua madre.

«Avrai i denti storti per tutta la vita» le diceva. «Guarda tua sorella, che bocca perfetta che ha!» Glielo ripeteva ogni volta, e più glielo ripeteva, più Alma diventava insofferente.

«Sveva» mi diceva, «non permettere mai a nessuno di dirti cosa fare! Ci dicono di correre da quando siamo piccoli, di cercare la perfezione, di prendere dieci a scuola, di essere magre e atletiche, ci dicono cosa fare da grandi, cosa vedere, che viaggi fare, di chi innamorarci. Mia madre me lo ha detto per tutta la vita e io per tutta la vita ho fatto il contrario».

«Perché, zia?» le chiedevo.

E lei non mi rispondeva mai, cominciava a diventare triste. La sua cicatrice si increspava, gli occhi strambi diventavano lucidi e il suo sorriso scompariva dietro il fumo di una sigaretta. Non mi spiegava niente, metteva su un po' di musica e cominciava a ballare. Andava via da me e in quelle domande senza risposta io ho cominciato ad amarla. Con il tempo ho scoperto ciò che le è stato negato, ma ero piccola e certe cose non potevo ancora capirle. Con gli anni, quei buchi sono diventati gli stessi che avevo io. Ho avuto una madre come la sua, che mentre le raccontavo i miei sogni di teatrante masticava un'oliva e beveva champagne, dicendomi che avrei fallito.

«Il mondo ci chiede di essere così, figlia mia» mi diceva.

«Ma così come, mamma?»

«Giusti, adatti. Per il mondo che viviamo. E se il mondo ci vuole ricchi e belli, dobbiamo accontentarlo».

«Ma io voglio accontentare me stessa, voglio essere quello che mi fa stare bene».

Lei poggiava il bicchiere ancora pieno sulla tovaglia di pizzo, si girava verso di me, mi prendeva il viso tra le mani e mi guardava con compassione e disprezzo. In quei momenti mi faceva sentire una formica sotto un tacco a spillo, una larva che non riusciva più a capire come trasformarsi e cosa diventare. Un pezzo di niente, insomma.

«Sveva, questo mondo non lo cambi, e se non vuoi accontentarlo sarai una povera disgraziata che tornerà a chiedere soldi ai suoi genitori quando avrà quarant'anni e sarà troppo vecchia per fare l'attrice. Non ti vorrà più nessuno, le rughe non sono contemplate per una donna, diventano uno stigma, come arrivano scappano via tutti. Me lo diceva sempre anche tua nonna, lei sì che sapeva come vivere alla tua età».

Io la guardavo e mi sentivo a disagio, mi vergognavo di essere sua figlia. Sembrava posseduta da un demonio. Incrociavo i suoi occhi e ci vedevo sofferenza e rinunce. Vedevo la ragazzina che era stata e che non era mai davvero esistita. Mi chiedevo se mia madre avesse mai avuto dei sogni, dei desideri, delle ambizioni. Provavo a essere gentile e comprensiva, come mi aveva spinto a essere mia zia Alma, ma con lei sapevo che era inutile eppure ogni volta ci ricascavo.

Un giorno glielo chiesi direttamente, se fosse felice. Se aveva fatto la vita che voleva.

Il suo sguardo cambiò, si fece velato e un lampo di nero le inquinò gli occhi. Il sorriso divenne duro, le mani tamburellavano sulle sue gambe affusolate e bellissime.

Poi scoppiò in una risata di plastica e mi disse che quello che voleva lei non era importante.

Io le tenni lo sguardo addosso, per cercare una spiegazione, un alibi che non trovavo. Volevo metterla in imbarazzo ma non ci riuscii, anzi sentii salire una rabbia incontrollata e crudele.

«Mamma, ma che dici? Ma cosa cazzo dici!?» le urlai contro.

«Ehi, ragazzina, non ti permettere di rivolgerti così a me!»

Le chiesi scusa quasi subito, ma non mi capacitavo, non comprendevo niente di lei e mi chiedevo che male avessi fatto per meritarmi una madre come quella. Una maledizione che continuava da generazioni e che mia zia aveva provato a spezzare. Ma certe eredità sono impossibili da rompere, le puoi piegare ma loro continueranno ad abitare le notti mentre diventerai grande e cresceranno con te.

26
Ovunque sei

Il sole ci aveva regalato un tramonto lunghissimo. L'orizzonte si era fatto rosso fuoco e l'aria ferma aveva rinunciato al vento. La sabbia era ancora calda e i nostri piedi affondavano nella buca scavata da Billo. Avevamo fatto fuori tutti i dolci, bevuto vino bianco e chiacchierato per tutto il pomeriggio. Alma aveva portato la sua cassa bluetooth per farmi ascoltare le canzoni di Brassens e di Bob Dylan. Era molto pensierosa, avevamo parlato di tutto, tranne dell'uomo della tazza blu. Qualche accenno vago al loro incontro, mi disse il suo nome, Tommaso, e che aveva una barca e magari un giorno ci avrebbe portate in mare a fare il bagno al largo, ma niente di più. La conoscevo bene, quando mia zia era nervosa si mordeva continuamente le labbra e fumava più del solito. Rinunciava alle sigarette fatte a mano e recuperava pacchetti di Marlboro lasciati qua e là nei cassetti pieni di cianfrusaglie.

Aveva un'espressione tristemente felice, preoccupata eppure piena di eccitazione. La sua cicatrice si era fatta più evidente e il suo sorriso cupo. C'era qualcosa in quell'uomo che le aveva fatto perdere l'equilibrio e io sentivo che quel qualcosa avrebbe colpito indirettamente anche me.

Stava calando la sera e raccogliemmo i nostri asciugamani per rientrare in casa, quando sentimmo una voce chiamarci da lontano.

«Ehi, c'è nessuno? Ma dove siete tutti?»

Mia zia si girò di colpo.

«Ma insomma, qualcuno mi risponde? Alma, dove diavolo sei finita?»

Sentimmo borbottare frasi di rimprovero verso quel posto deserto dove solo una matta poteva decidere di vivere tutto l'anno.

Scoppiai a ridere quando riconobbi la voce di Dafne, l'amica più azzeccata che Alma potesse avere. Adoravo quella ragazza, un metro e cinquanta di anticonformismo e nevrosi capaci di smuovere il mondo.

Mia zia le corse incontro allargando le braccia, Dafne comparve con uno zaino e un sacco a pelo, i piedi scalzi e i capelli di mille colori.

«Che cazzo di posto hai scelto per vivere… Bello eh, per carità, ma quanto stai lontana, amica mia! Devo volerti proprio bene per venire fin qui».

Dafne parlava troppo veloce, non riuscivo mai a starle dietro, solo mia zia comprendeva quel linguaggio da folletto.

«È bello vederti, finalmente!» disse Alma.

«Ho lasciato quell'impiastro del mio fidanzato Giordano a montare un film che dobbiamo consegnare fra due giorni. Non ho fatto in tempo a preparare niente. Gli ho lasciato in frigo una lasagna surgelata e una birra, se non mi lascia stavolta è fatta».

Scoppiammo a ridere tutte e tre, mentre Billo scodinzolava intorno a noi reclamando attenzione.

Dafne mi guardò con ammirazione e dolcezza: «Sveva, sei sempre più bella! Ma quanti anni hai adesso?»

«Venti. Comincio a essere vecchia anche io».

Mi diede uno spintone e mi tirò verso di lei, mi prese la faccia e disse: «Vent'anni in effetti è un'età un po' del cazzo, ma tieni duro!»

Alma la rimproverò e cominciarono a discutere come due ragazzine, sembravano sorelle, così diverse e complementari, strambe e inseparabili. Invidiavo il loro rapporto, era un grande esempio di sincerità.

Dafne dissacrava tutto, Alma riaggiustava, Dafne demoliva, Alma raccoglieva i pezzi, Dafne era logorroica, Alma silenziosa, ma c'era un punto al centro di tutte e due che le faceva scintillare. Guardarle era bellissimo.

Erano divertenti insieme e non c'era stato giorno in cui l'una non si era poggiata sulla spalla dell'altra, anche da lontano, anche se non si vedevano per mesi. Dafne c'era sempre per Alma e Alma per Dafne. Dopo quell'episodio all'ospedale la loro amicizia si era consolidata per sempre.

Mi chiesi perché fosse venuta fino alla casa al mare, di sera tardi e con un sacco a pelo. Intuii che doveva entrarci quel Tommaso: dove arrivava Dafne c'era un problema da risolvere, o almeno un muro da abbattere. Alma lo sapeva e in quel momento aveva bisogno di qualcuno che le desse una scossa. Qualcuno come la sua amica, che era bravissima a demolire, sì, ma anche a dire la verità.

27
Certe amiche

Mi addormentai davanti al fuoco. Sentii Alma sfiorarmi le guance mentre mi copriva con una coperta leggera. Parlarono tutta la notte, nel dormiveglia sentivo il suono delle risate di Dafne e i silenzi di mia zia. Dafne aveva un modo tutto suo per parlare di cose serie. La sua voce si faceva alta e si inframmezzava a sorrisi a mezza bocca che determinavano una riflessione un secondo dopo. Le guardavo parlare mentre con gli occhi semichiusi pensavo a quanto un'amicizia potesse venire a salvarti sempre. Certi legami si fanno muti quando sono profondi, vibrano di sensazioni amorose che ti scompongono tutto.

Dafne aveva uno strano rapporto con gli uomini, o forse lo aveva con tutti. Era una creatura perennemente malinconica, che aveva imparato a coprire la propria tristezza latente con parolacce e insulti. Era stata inghiottita dal dolore quando era bambina, la sua vita era costellata di mancanze, di vuoti mai più riempiti, di responsabilità arrivate troppo presto, di bambini morti e salvati. Era rimasta quella ragazzina infelice che era stata, e più cresceva e più le sue ferite non cicatrizzavano. Ma aveva imparato a stare a galla, ad aggrapparsi a pochissime persone, a fidarsi di loro come un cane randagio. Era guardinga, sospettosa, diffidente e ci prendeva sempre con le persone. In questo somigliava tanto ad Alma, ma il dolore di Dafne aveva radici diverse, attaccate addosso come pelle scorticata che più provi a levare via e più ti fa male.

Era bravissima a lavorare con i bambini. Tornava in quelle case-famiglia dove era cresciuta e ci trovava pezzi di lei sparsi dentro due occhi, dentro due mani, in ginocchia scheletriche e in lacrime trattenute. Portò anche me e Alma in quei pertugi, in quelle stanze buie e rotonde dove si cercava di regalare un sorriso sincero ai bambini, che sono l'inizio di tutto. In quei luoghi imparai a osservare il mio primo pubblico, imparai a leggere ad alta voce e a sentire il dolore, quello degli altri. Iniziai a fare quello che nessuno mi aveva insegnato a fare, volgere lo sguardo verso chi era diverso da me e molto meno fortunato. Dafne aveva una capacità di trascinare le persone potentissima, guariva quella bambina che era stata attraverso gli altri bambini, perché con lei nessuno lo aveva mai fatto, finché arrivò Alma che la prese per mano e la portò via.

Sentii l'odore del caffè e mi svegliai di colpo. Avevo male alla schiena, il divano di Alma era scomodissimo e duro come una pietra, non era mai stata brava ad arredare le case. Comprava pezzi di armadi riciclati e divani lisi, sempre per questa sua fissazione degli oggetti che hanno un'anima. Ovunque mi girassi c'era qualcosa di tremendamente vecchio, magari anche prezioso ma ammuffito dal tempo. Sulla parete aveva appeso le sue chitarre, foto e post-it attaccati con lo scotch. Tantissime fotografie, scattate quando mia zia andava in giro per il mondo cercando di fermare i suoi strani attimi. Erano foto impopolari, che ritraevano dettagli apparentemente insignificanti: una foglia appassita, una lumaca rovesciata, un tatuaggio disegnato sopra un braccio. E poi le onde di ogni mare possibile, nero come petrolio o azzurro come un pastello. Appese a una bacheca di sughero vecchia quanto me imperavano le foto di mio nonno Emanuele, il loro abbraccio era la cosa più piena d'amore che io conoscessi. I loro sguardi si intrecciavano sempre e non ci potevi stare in mezzo perché non saresti riuscita a entrarci. Erano fulmini che spaccavano tutto il resto, che scendevano su chi li guardava spezzandogli il cuore. Quel legame era troppo forte per comprenderlo, non c'era giorno in cui Alma non parlasse di suo padre, che era il suo tutto. Mi diceva sempre che solo lui poteva conservare un portafortuna da vent'anni, un talismano che un giorno un cameriere simpatico le aveva regalato e che lei aveva lasciato al padre. «È magico, sai Sveva» mi diceva, «quell'elefantino è stato benedetto da nonna Alma». Quando mi raccontava della mia bisnonna mi faceva sempre un po' paura, diceva che la sognava spesso, che l'aveva aiutata a fare le scelte giuste, che l'accompagnava sempre nei suoi viaggi.

«Ma chi zia, la 'sensitiva'?» le chiedevo. Cercavo di sminuirla, non credevo molto a quelle cose e lei lo sapeva. Allora cominciava a dirmi che anche io ero una della famiglia e che da lì venivo, che lo volessi o no, quindi c'era poco da scherzare. Io provavo a essere seria e lei si arrabbiava ancora di più. Quel gioco è durato una vita intera.

Dafne dormiva ancora, sentivo il suo respiro pesante.

«Senti, zia, che dice la sensitiva di Tommaso?»

Lei mi guardò stranita e mi passò il caffè. «Dice che fra poco farò una valigia, ci infilerò dentro poche cose e partirò per un viaggio. Un'isola piccola piccola. Dice che devo andare. Tu che ne pensi, sei d'accordo?»

Alma non era mai partita con un uomo, o almeno io non glielo avevo visto fare, non così.

«Se la sensitiva approva, direi che devi farlo di corsa!»

Era felice, per la prima volta lo era davvero.

«Devo prima fare una telefonata però» aggiunse. Poi sparì dietro la porta a vetri e la sentii: «Pronto, papà, mi senti? Devo raccontarti una cosa».

28
Le vite degli altri

Mi lasciò le chiavi di casa sua e il cane, raccomandandosi di andarlo a trovare ogni tanto e di dargli da mangiare. Era abituato a stare solo, io meno, così restai là per un bel po' di tempo. Avevo bisogno di cambiare aria, di vivere lontano dalla città. Dovevo prepararmi all'esame per entrare all'accademia di teatro di Milano dove mi avevano già scartata due volte. Non ero pronta o forse non avevo abbastanza voglia di mettermi in gioco. A volte mi chiedevo se avesse ragione mia madre, se stavo facendo la scelta giusta. A vent'anni molti si sentono immortali, non hanno paura di niente, mentre io avevo paura di tutto. Avevo scelto la strada più difficile, ne ero cosciente. Avevo una fifa nera di non farcela, di confermare il pensiero di mia madre, di diventare una fallita solo per inseguire una passione. Freud aveva scritto da qualche parte che l'umanità ha sempre sacrificato la felicità per un poco di sicurezza in più. Quella frase apparteneva alla persona che mi aveva messo al mondo, e a me quell'umanità non piaceva. La più grande preoccupazione degli esseri umani era costruire un futuro senza imprevisti, unico luogo in cui pensare a vivere quando si diventa grandi. Per me il futuro non esisteva se non dentro di noi. Non riuscivo a programmare tutto, né capivo chi lo faceva. Io volevo solo vivere la mia vita, salire su un palcoscenico e regalare un'emozione. Volevo fare l'attrice perché non mi piaceva ciò che ero. Volevo essere altre persone, vivere in altri luoghi, respirare mondi diversi. Volevo entrare dentro la carne delle donne che mi sarebbe piaciuto essere: Lisistrata, Clitemnestra, Persefone, Antigone, Arianna. Sognavo di uccidere il Minotauro, che nella mia testa era mio padre, volevo cancellarne la memoria sbiadita che avevo di quando ero piccola e mi accarezzava il volto fugacemente. Quel solo ricordo avrei voluto spazzarlo via per ridurlo in polvere, ma non ci riuscivo mai, solo quando mi immergevo in altre donne quel ricordo scompariva inghiottito da tragedie peggiori dove versavo lacrime autentiche che venivano fuori come fontane. Quelle carezze paterne si allontanavano sempre di più man mano che diventavo brava, mi aggrappavo a loro per lasciare il mio primo amore mai vissuto.

Mi ero impegnata al massimo per cancellare i desideri dei miei genitori, che dopo la mia nascita avevano solo stilato liste di ciò che avrei dovuto o non dovuto diventare, le avevo cancellate una a una, deludendo le loro aspettative. Ero figlia unica, mia madre era troppo vecchia per avere un altro figlio e la sua battaglia con me l'aveva persa da tempo. Non provava più nemmeno a cambiarmi, dopo anni di discussioni mio padre faceva finta di non avere più una figlia, troppo preso a mantenere le sue amanti che acconsentivano, loro sì, a tutti i suoi desideri. A volte mi mancava, mi mancava avere un padre, anche se non sapevo esattamente cosa volesse dire, lo avevo imparato da mia zia, che con il suo aveva un legame così forte che li faceva sembrare due alieni. Mio nonno era una persona riservatissima, parlava poco, aveva il suo mondo dove aveva imparato a sopravvivere.

Non si era mai risposato, Clara era rimasta il suo unico grande amore, nonostante tutto il male che gli aveva fatto, a lui e a mia zia Alma.

La sera il mare si sentiva bene, sbatteva sugli scogli lontani, con il vento a fare da direttore d'orchestra a rumori sconosciuti che avevo imparato a considerare familiari. Tenevo sempre le luci accese sul patio, a farmi compagnia una radio d'epoca che mia zia aveva rimediato da qualche antiquario. Il salone era pieno di candele consumate, tutte bianche, tutte grandi, tranne quelle poggiate sulle finestre che sembravano sfere ammaccate fatte di cera giallognola. Una lampada rossa rifletteva le tende colorate sui muri azzurri e sul divano impiastrato di ricordi appartenuti a chissà chi tanto tempo prima.

Studiavo tutto il giorno copioni su copioni, vedevo decine di film, di pièce teatrali registrate su pellicole che mia zia aveva conservato come cimeli, erano una sua passione. Aveva un proiettore che non usava mai, chiuso dentro un magazzino pieno di cianfrusaglie. Conservava persino le pizze originali di un amico costumista a Cinecittà che gliele aveva regalate prima di passare a miglior vita: erano un tesoro nascosto dal valore immenso. Una sera presi a scartabellare dentro uno scatolone rovinato e chiuso con lo scotch, quello marrone dei traslochi resistente a qualunque spostamento. Sopra c'era una scritta nera con il pennarello, si leggeva male ma si poteva intravedere una parola: 'castagne'. Fui tentata di aprirla ma Alma se ne sarebbe accorta e lei non amava i ficcanaso.

Poi una notte feci un sogno strano, uno di quelli nebulosi che non ti riesci a ricordare bene, sognai qualcosa che aveva a che fare con lei, ma era una bambina e Alma piccola l'avevo vista solo in qualche rarissima fotografia sbiadita e fuori fuoco. Indossava un cappotto beige con un cappuccio e delle calze coloratissime a righe. Mi svegliai di colpo e chiamai Billo inutilmente: non era sul mio letto dopo che per tutti i giorni precedenti aveva dormito accanto a me scaldandomi i piedi. Mi alzai e continuai a chiamarlo finché entrai nel magazzino e lo vidi seduto al buio che scodinzolava. Era sdraiato accanto alla scatola delle castagne come se mi chiedesse qualcosa.

Mi piegai su di lui per accarezzarlo e si sdraiò a pancia all'aria. Quando faceva così voleva coccole e cibo, gli diedi l'uno e l'altro ma non si muoveva da lì. Erano le quattro di mattina e l'alba stava per arrivare, faceva freddo e indossai il maglione di Alma che teneva sempre per stare in casa durante l'inverno, uno spesso cardigan di lana azzurra morbidissimo che aveva il suo profumo di vaniglia.

Andai in cucina a cercare un paio di forbici ma non le trovai, così presi una penna e la infilai al centro della scatola, che si aprì facilmente con un colpo solo. L'umidità aveva indebolito la colla dello scotch e senza fatica mi feci spazio con le mani: pensavo fossero libri, non si vedeva granché bene in quella stanza, dove pendeva appena una lampadina. Erano cassette, tantissime. VHS, robe d'altri tempi, proprio come le pizze del cinema. Una collezione di film degli anni Settanta e Ottanta, alcuni erano introvabili. La polvere mi fece pizzicare il naso, chissà da quanti anni erano chiuse lì dentro, presi uno straccio umido e cominciai a tirarle fuori una a una per pulirle e rimetterle in ordine da qualche parte. Se mia zia non le aveva buttate magari ci teneva a conservarle perbene, o forse se le era solo dimenticate.

Dentro lo scatolone c'era anche un videoregistratore seminuovo, un lettore fuori mercato da un'eternità.

Pensai che potevo farmi una scorpacciata di film che non avevo mai visto e così piano piano tirai fuori tutto. Le copertine erano buffe, le locandine stropicciate, ne contai almeno cinquanta, fin quando trovai un VHS senza etichette, me lo girai tra le mani per capire se fosse scappato da qualche custodia. Lo guardai meglio e mi accorsi che c'era una minuscola etichetta bianca appiccicata al lato del nastro, c'era scritto 'Noi' e una data sbiadita che non riuscivo a leggere. Incuriosita, la presi tra le mani e la portai sul bancone della cucina, dove mi preparai un caffè. In attesa che la moka fosse pronta attaccai i cavi del videoregistratore alla tv, in pochi minuti si accesero delle lucette rosse e verdi e partì uno strano rumore dentro una fessura orizzontale dove capii che andava infilata la cassetta. Tornai in cucina, versai il caffè nella mia tazza preferita e cominciai a sorseggiarlo, quel liquido caldo mi rimise al mondo. Mi diressi verso il salone, portando con me la videocassetta, la misi dentro e cominciai a sentire un suono sconosciuto: poi sullo schermo apparve qualcosa.

Un prato molto verde, i colori erano accecanti e sovraesposti, sullo sfondo un albero a cui era attaccata un'altalena gialla dove era seduta una bambina di spalle. Dondolava lentamente con i capelli mossi dal vento. La bambina si girò di scatto e fece un sorriso bellissimo. Era mia zia, impossibile non riconoscerla. La sua voce era minuscola e acuta. «Papà, hai trovato le castagne?»

Mio nonno aveva zoomato sui suoi occhi, che erano due fari enormi su quel viso ancora piccolo. La data si leggeva in un angolo, era il 1987 e Alma aveva cinque anni, magra come un giunco, il volto scavato e le mani sporche di terra. Quella sequenza s'interruppe quasi subito, il nastro era rovinato e formò delle onde che appannarono tutto per qualche istante. Comparve un'altra scena. Interno sera. Una donna bellissima indossava un vestito verde stretto in vita e aveva i capelli raccolti in uno chignon con un nastro delle stesso colore del vestito. Aveva in mano un bicchiere di champagne e volteggiava su una musica classica in sottofondo, rideva, rideva tantissimo mentre la voce fuori campo le diceva di voltarsi verso la telecamera. Vicino a lei c'era una bambina biondissima con gli occhi azzurri che ballava con sua madre. Erano vestite identiche, quell'abito verde stringeva anche il petto di quella bambina che mentre faceva una giravolta la chiamava mamma. Erano mia nonna Clara e mia madre Sarah, erano felici, erano una cosa sola. Clara le accarezzava i capelli e ballava con lei mentre mio nonno le riprendeva, sentivo il suo respiro, il respiro di un uomo innamorato che con quella telecamera cercava di fermare momenti che si sarebbe portato dietro tutta la vita. La casa d'infanzia di mia madre era enorme, tappezzata di stoffe a fiori, le tende, i divani, i letti. Mio nonno riprendeva tutto e quei volti della mia famiglia d'origine mi sembrava di non averli mai conosciuti davvero. Mia madre era sempre elegantissima, indossava abiti costosi e aveva una regalità innata, proprio come sua madre. Sembravano gemelle, con quella pelle chiara e le guance rosse, le mani perfette e le scarpe di vernice, sorridevano spesso, mentre cucinavano, cantavano canzoni da operetta e innaffiavano i fiori su quell'enorme terrazzo che affacciava sui tetti di Roma. Si divertivano a fare sfilate di moda davanti a mio nonno, mentre facevano giravolte per mostrare i loro abiti a ruota tirati a lucido.

Il nastro si interrompeva ogni tanto tra una scena e l'altra, troncato dagli anni e dalla polvere. Partì una musica dance anni Settanta, c'era una festa con tantissimi palloncini colorati, una miriade di bambini urlanti saltavano e ondeggiavano intorno a un tavolo pieno di bignè e altre prelibatezze. C'erano mamme sofisticate e papà in cravatta, bambine con nastri d'argento fra i capelli e un velo di rosa sulle labbra, bambini in giacca di velluto che si ingozzavano di pane e Nutella. I rumori si confondevano con una musica sconosciuta, doveva essere il compleanno di qualcuno, controllai la data in basso e capii che era quello di mia madre. Mio nonno muoveva la telecamera un po' tremante, non era un esperto e in mezzo a quel caos provava a fare del suo meglio, ma stava cercando qualcosa perché camminava velocemente da una stanza all'altra. Poi capii. C'era una poltrona piccola e rotonda in un angolo dov'era seduta Alma, mia zia aveva il broncio e le braccia incrociate, la faccia annoiata, gli occhi lucidi e un po' di coriandoli fra i capelli, incastrati su una treccia che le arrivava al petto. Indossava un vestito blu scuro di lana e un paio di calzini troppo grandi che le scendevano sulle caviglie. Si era tolta le scarpe, poggiate davanti a lei, e si era portata le ginocchia al mento, fissava dritta davanti a sé mentre lui in silenzio la riprendeva, non si dissero niente mentre Alma continuava ad avere lo sguardo altrove e un po' di pioggia batteva sulla finestra dietro di lei. Sentii la voce di Clara che lo chiamava, era arrivato il momento di spegnere le candeline e Sarah era in fibrillazione. Alma spostò il suo sguardo verso la madre mentre le chiedeva di infilarsi le scarpe e aggiustarsi i capelli perché la torta stava arrivando, mia zia la guardò sbuffando, riconobbi quello sguardo, lo stesso che metteva quando doveva fare qualcosa che non voleva fare, si stringeva tra le tempie che pulsavano e vomitavano rabbia.

«Dai piccola, fallo per me» le disse nonno Emanuele, «vieni anche tu».

Allargò le braccia verso il papà e scese dalla poltrona, sciolse quella treccia troppo stretta e scaraventò le scarpe verso la madre.

«Io le scarpe non le metto, sono scomode!»

Sentivo appena le sue parole ma potevo intuire la sua insofferenza. Non sapeva fingere, nemmeno da bambina, e capii che c'era qualcosa in lei, un dono potente e innato, quello di saper vedere le persone mentre quelle persone fingevano di essere altro. La camera si riaccese sulla bocca di mia madre che spegneva le candeline e applaudiva insieme ai suoi amichetti di scuola. Mia zia aveva lo sguardo fisso su sua madre, che aveva il viso arrossato e un sorriso troppo tirato, accanto a lei c'era un uomo che non smetteva di guardarla e quell'uomo non era mio nonno.

Molto tempo dopo mia zia mi raccontò che si chiamava Giorgio, era il migliore amico di mio padre, quello che gliela portò via, anche se – mi disse Alma – un giorno o l'altro se ne sarebbe andata comunque. Mia nonna era una donna insicura e psicologicamente instabile, aveva bisogno di uomini che la rendessero viva, che la facessero sentire desiderata. Il suo unico sogno era di danzare, non ce l'aveva fatta e aveva ripiegato su altre ossessioni. E lei, Alma, quella ragazzina dagli occhi strani, aveva capito tutto.

La immaginai crescere dentro quei cimeli che aveva conservato gelosamente, diventare un'adolescente ribelle piena di piercing e libri di poesia tra le braccia, i capelli lunghissimi e sgraziati, le labbra grandi e senza trucco. Una riga nera la separava dalla sorella, che era sempre inappuntabile. Sarah con il cappotto di pelliccia, Alma con il poncho, Sarah con i tacchi alti, Alma con gli anfibi, Sarah con le sciarpe di cachemire, Alma con il cappello da cowboy. Non potevano essere più diverse, ma a Sarah piaceva quella vita, voleva essere come la madre, ma non aveva la stessa forza di volontà, la stessa follia maligna.

Alma era tutto il loro contrario, sempre accartocciata su un divano immersa in decine di letture mentre il mondo intorno a lei festeggiava qualunque cosa, mio nonno Emanuele riprendeva il suo racconto e nascosto da un obiettivo tifava per Alma. La distruzione di quella famiglia era cominciata così, con lui che non era riuscito a tagliare i momenti evidenti di imbarazzo, lasciandoli dentro i suoi filmini e dentro quella cassetta che adesso scorreva davanti ai miei occhi.

Il nostro primo incontro con le cose e con le persone ci definisce per sempre, e io avevo appena assistito a quella definizione, quella di mia zia Alma e di mia madre.

29
I rigurgiti dei figli

Restai per giorni chiusa nel mio mondo strampalato, a cercare di riordinare i pezzi, di dare valore a quella memoria nuova, sconosciuta fino a qualche giorno prima. Il tempo era peggiorato improvvisamente e dai vetri vedevo le onde del mare che invadevano mezza spiaggia. Qualche barca usciva in esplorazione, kite surf in lontananza puntellavano il cielo come rondini nere impazzite. Bevevo caffè e studiavo, gli specchi erano diventati i miei migliori spettatori. Mandavo i video a Dafne, sapevo che mia zia si era raccomandata con lei di starmi dietro e restavamo ore al telefono.

Era un mondo complicato quello che avevo scelto, ma Dafne aveva sempre sostenuto che certi sogni non bisogna mai smettere di inseguirli, soprattutto se sembravano restare tali. «Io sono riuscita a innamorarmi» diceva, «una come me, Sveva, che a quindici anni era già tutta rotta. E chi lo avrebbe detto!» Mi metteva sempre il buonumore Dafne, aveva passato l'inferno e qualunque bagliore di vita vedesse davanti a sé sapeva farlo esplodere in faccia agli altri.

Fra qualche giorno mia zia sarebbe tornata e insieme stavamo organizzando una cena per il suo rientro.

«Chissà quante cose ci racconterà» dissi.

«Non ci scommetterei» rispose Dafne, «Alma non parla molto, la conosco, soprattutto quando è felice mica te lo dice sai, sembra abbia paura di sconfiggerla con le parole quella felicità. Tua zia è un gran casino, non è facile starle dietro. Ma è fedele, riconoscente, leale. È una che non ti lascia, resta sempre. Qualunque cosa accada, lei resta».

Quando provai a chiedere a Dafne cosa pensava di quel Tommaso mi rispose a mezza bocca.

«È un bell'uomo sì, ma lo sai, tua zia ha sempre scelto di essere libera piuttosto che felice. Lui è come lei, faranno grandi cose insieme».

Aveva ragione, ma non avrei mai immaginato che avrebbero fatto un figlio, quello no, perché i figli legano per sempre e Alma dei 'per sempre' non si era mai fidata. I figli sono come delle code, te li porti dietro tutta la vita, che ti piaccia o no, e insieme a loro ti porti dietro un perdono, per te stessa e per tutte le persone che non sei mai riuscita a perdonare.

Le promesse mancate si annidano tra le culle e i pianti, tutto si rovescia, tutto si raddrizza. I figli sono fili di vita sottilissimi che si spezzano con un rigurgito, una notte in bianco, un pannolino sporco. Sono bombe atomiche che entrano dentro famiglie che non hanno idea di ciò che sta per accadere. Alcune coppie crollano, altre rinascono, alcune decidono di sposarsi, altre di lasciarsi. Molte si anneriscono come caminetti puliti male o si illuminano come rose di primavera. I figli sono lo specchio di tutto quello che sei davvero, per quello fanno così male e spesso accade che quel male lo faccia anche chi li ha fatti venire al mondo, proprio come mia madre.

Con Alma non avevo mai parlato di figli, con lei non

si parlava mai di quello di cui parlano gli adulti. Quelli più grandi di te usano frasi di circostanza, tutte maledettamente uguali, le loro domande seguono copioni consumati, la prima sempre presente è quella che ti fanno a vent'anni: sei fidanzata? E a trenta: non sei ancora sposata? Quando ne compi quaranta e non hai ancora figli ti additano come un'appestata, una diversa, una incompleta. Perché i figli servono ad addobbare le vetrine migliori, a completare il quadro, a chiamare davvero famiglia la coppia. Nel mondo ho conosciuto e visto figli infelici nati per dovere, mai amati davvero, lasciati a baby sitter con genitori troppo impegnati per crescerli; ho visto i loro sguardi inseguire aquiloni da soli mentre le madri si incremano la faccia e indossano occhiali a specchio e i padri stanno attaccati al telefono anche a ferragosto. Io non lo avevo mai capito perché certi adulti volevano bambini con i quali non stavano mai davvero. Perché vuoi vedere il tuo volto sulla faccia di un altro? Non lo so, non ho mai saputo rispondere, sapevo però che se il mondo l'avesse pensata come me sarebbe scomparso. Io ero stata fortunata, al posto delle baby sitter avevo avuto Alma e questo bastava.

Quando guardavo i bambini dell'orfanotrofio dove andavo ogni tanto avrei voluto portarmeli via tutti, anche se non erano miei. Per me loro erano persone, con gli occhi più grandi e le lacrime più sincere, le ginocchia sbucciate e le mani sporche, erano dolore e incanto. Nessuna maschera, nessuna timidezza. Avrei voluto che fossero così tutte le persone, esattamente come loro, poi però si cresce e non so cosa si diventi davvero, so che però ogni ferita, ogni azione, ogni schiaffo restano dentro di noi, tutto si fa nido nelle nostre pance mentre cresciamo come soldati di cristallo con il fardello degli adulti che hanno provato a passarci appena nati. Finché arriva qualcuno che quei fardelli li strappa e prova a consegnarti un'altra vita. Alma per me era questo, aveva provato ogni giorno a consegnarmi un'altra me stessa e io non lo so come facesse, ma sapeva che quei nidi pesavano in me come piombo e per questo l'amavo più d'ogni altra cosa.

30
Pensieri

Era un sabato mattina, stavo nel mio letto, sentii lo squillo del telefono lontanissimo. Avevo fatto tardi la sera prima, ero andata in giro con la mia compagnia a bere vodka e a inventare nuove sceneggiature. Mi piaceva un chitarrista che si era unito a noi per fare le musiche del prossimo spettacolo, un francese con l'accento portoghese che era un miscuglio di lingue e di tratti che gli regalavano un viso irregolare. Ci ero uscita un paio di volte, mi aveva portato in giro per Roma ad ascoltare musica dal vivo dentro piccole cantine che erano tutto un fermento di jam session. Era un tipo a posto, cresciuto tra Buenos Aires e New York. Era finito a Roma per un contratto con una casa discografica importante, era un genio degli arrangiamenti musicali e così si era trasferito qua. Non so se ne ero innamorata ma di certo ero felice di stare con lui, quando lo vedevo mi batteva un po' il cuore e avevo voglia di farci l'amore, anche se non era ancora successo.

Il telefono continuava a squillare e risposi con la voce assonnata e la testa ancora sotto al cuscino. Sussurrai uno svogliatissimo «Pronto».

«Ehi, ragazzina, sono le otto, hai intenzione di farmi un caffè? A casa non ho più niente, qualcuno ne ha bevuto troppo. Io porto i cornetti, tu metti su la moka, tra mezz'ora sono da te».

Mia zia era tornata come un vulcano e io mi sentivo al settimo cielo. Avrei voluto dormire ancora ma ero troppo eccitata, avevo voglia di abbracciarla, di raccontarle del mio chitarrista e dei progressi con lo studio. Mi era mancata.

Resistiamo alle mancanze. Ci adattiamo, per sopravvivere. Siamo pieni di buchi, vasi rotti che fanno finta di non essere caduti.

Come parassiti proviamo a ingoiare le nostre mancanze, sperando di farle restare nel punto più profondo di noi stessi, dove non si vedono, dove nessuno può sbirciare, dove il buio è buio davvero. Siamo una costellazione di assenze fin da quando siamo nati, strappati dalle pance delle nostre madri, dalle nostre piscine calde. Quando cambiamo le nostre case, le nostre stanze, i nostri grembiuli azzurri e rosa. Le mancanze hanno tanti nomi e nessuno, sono le carezze perdute, le mani giunte dentro una preghiera, le cucine prive di odori, gli odori privi di persone. Come il muschio di mio padre e la vaniglia di mia zia, lo champagne di mia madre e il legno del palcoscenico. Dove finiscono gli odori quando le persone muoiono? Finiscono come lo sporco dei pavimenti vecchi, si attaccano nelle narici e diventano così parte di te che non te li ricordi più, poi basta una folata di vento a riportare a galla tutto, a scaraventarti dentro un passato che non avevi più ricordato. Le nostre tasche sono piene di oggetti pesanti, che a ogni passo si allargano o si stringono mentre camminiamo attraverso gli anni delle nostre vite. Trasciniamo con noi decine di altri corpi, strati su strati, veleni su veleni, lutti su lutti, e più gli anni trascorrono e più quelle tasche ci fanno piegare e storcere e faticare. Come quei vecchi con le buste della spesa, li guardi da dietro e sono storti per un solo litro di latte che portano, storti i corpi e storti i pensieri. Zompettano come passerotti, lasciandosi dietro tutto il loro mondo ormai giunto alla fine. Se guardi le persone di spalle capisci ciò che alle loro spalle hanno lasciato, le occasioni mancate, i sogni finiti, le cicatrici che tirano le mani e le braccia. I vecchi sono alberi e radici, fermi nel loro incedere provano a volare via ancora un po', ma il peso è ormai troppo grande, le tasche troppo piene e loro sono troppo stanchi. Io ai vecchi glielo vorrei dire che sono bellissimi, ma se ti avvicini troppo non si fidano più o si fidano così tanto da sembrare stupidi, perché quando si diventa vecchi la vita che hai vissuto si legge tutta in quella camminata, in quei volti che sono pagine screpolate sulla pelle sottile, non c'è più spazio per niente.

Solo il ricordo continua a scivolare sulla fronte, mentre si prende gioco di loro e tiene in pugno i loro ultimi respiri. A cosa pensano i vecchi quando sentono che stanno per morire? A cosa si pensa quando si muore?

Ero imbambolata a guardare il soffitto, il rumore della moka mi tirò via da quei pensieri, insieme al suono del citofono. Era Alma: che vecchia sarebbe stata mia zia Alma?

31
Jenny è pazza

Arrivò con il suo poncho patchwork e una fascia gialla annodata sulla testa. I capelli erano cresciuti e scendevano sulla schiena abbronzata. Era più magra del solito e i suoi occhi erano più azzurri e più verdi di sempre. Un filo di burrocacao sulle labbra, le mani piene di anelli e una borsa gigante aperta da cui spuntavano quaderni e matite.

Ci abbracciammo strette mentre ci raccontavamo tutto senza dirci niente. Sorrise e mi prese il viso tra le mani.

«Come sta la mia bestiolina?»

Quel nomignolo lo avevamo rubato da *Maleficent*, che avevamo visto insieme una decina di volte. Lei era la mia fata madrina, che mi salvava sempre dai casini che combinavo, ma io non sorridevo mai come la principessa Aurora del film e allora Alma mi diceva sempre che il broncio disegnato sulla mia bocca era irrecuperabile, perché somigliava tanto al suo.

«Io l'ho visto bene quel broncio» avrei voluto dirle, «era dentro quella cassetta dove eri bambina». Tacqui, invece, e per un istante mi limitai a guardarla e a cercare di riconoscere quel viso che dondolava sull'altalena gialla. Quante cose avrei voluto chiederle, ma fare domande non era il mio forte, mentre a restare in silenzio ero bravissima.

Non era cambiata affatto da allora, il suo viso era solo meno rotondo e più sereno, i nervi tesi di quella bambina si erano allentati, si erano abituati alle curve, eppure qualcosa era rimasto. Veniva fuori quando inarcava le sopracciglia, quando lo sguardo si posava su qualcuno che non le piaceva, quando i suoi calzini scendevano sulle caviglie allo stesso modo scontroso di quando era bambina.

Ascoltammo un po' di musica insieme. Quando c'era qualcosa di diverso nella sua vita metteva su un disco di Vasco, uno qualunque, e cominciava a cantare e a ballare come una quindicenne. Amava una canzone più delle altre, Jenny era la sua preferita, era lei Jenny, che era pazza e stanca e non voleva mai dormire. Amavo anch'io quella canzone, quei suoni che arrivavano da lontano sapevano rendere l'atmosfera sincopata e claustrofobica, come piaceva a me.

«Se vuoi capirci qualcosa delle donne ascolta le canzoni di Vasco» diceva. «Le ama anche il nonno, anche lui ha avuto la sua Jenny, ma non ha saputo salvarla».

Mi portò a pranzo fuori, affittammo un motorino e andammo in giro per Roma a fare fotografie, anche se le fotografie di mia zia io continuavo a non capirle molto. Poi cominciò a fotografare anche me, pur sapendo che odiavo essere ritratta.

«Sei l'unica attrice che non ama apparire» diceva sempre. E così faceva centinaia di scatti, rubando il mio sguardo quando meno me lo aspettavo. «Sei rigida, lasciati andare ogni tanto» ripeteva continuamente. Sapevo di esserlo, molto più di lei, e ce la mettevo tutta, ma non sapevo sorridere a comando, non mi era mai piaciuto vedere la mia faccia, non mi piacevo io. Quelle foto fermavano momenti che spesso volevo dimenticare e lei continuava a ripetermi il contrario. «È nei momenti che vuoi dimenticare che devi ricordare, Sveva. Si devono ricordare l'infelicità, il dolore, le spaccature, perché è da lì che rinasciamo sempre, è lì che dobbiamo tornare per andare avanti». Mi insegnò ad amare i miei sguardi assenti, che annegavano nel bicchiere di alcol di mia madre quando beveva troppo e nelle mani di mio padre che non glielo impediva.

«Zia, raccontami di te» le dissi a un certo punto. «Com'era l'isola?»

Abbassò la macchina fotografica e girò lo sguardo verso un minuscolo ristorante con i tavolini tutti storti, come i sampietrini romani.

«Ti va una carbonara, bestiolina?»

Mangiammo fino all'ultimo pezzo di pancetta. Alma sorrideva molto mentre mi raccontava del suo viaggio con Tommaso, ma più raccontava più intravedevo un distacco emotivo silenzioso, come se avesse già intrapreso la strada dell'addio, si era messa in sicurezza, scappata nella sua tana dove la paura non poteva entrare. Io la lasciai libera, non le feci pressioni anche se ero curiosissima di sapere. Nei suoi occhi però c'era una luce che non avevo mai visto. Mi parlò dell'isola, dei pescatori procidani e della casa di Tommaso, quella dove era cresciuto con Carmine. Avevano mangiato pesce per un mese e fatto l'amore dentro la sua barca, si erano mostrati le ferite reciproche sorseggiando vino e mangiando gamberi. La mattina Tommaso usciva a pescare anche con il mare grosso, amava farlo all'alba, mentre Alma ancora dormiva. «Nessuna tempesta ferma un pescatore» le diceva, «non è una ragione sufficiente per restare a riva». Metteva in ordine le sue esche, che costruiva da solo, dividendole per grandezza. Lucidava le sue canne vecchissime e cambiava i fili di nylon, aggiustava quelle rotte e le rimetteva in mare. Ma tornava con niente, per lui negli anni la pesca era diventata un'altra cosa. Carmine i pesci li prendeva eccome, e se li mangiava anche. Tommaso no, a lui della pesca piaceva la sfida con la preda, che lottava fino all'ultimo e si dimenava mentre stava per morire, ed era allora che Tommaso delicatamente la liberava dall'amo augurandole buon viaggio.

Alma non capiva. «Perché diavolo ributti in mare una spigola, se poi te la mangi al ristorante?»

«Perché sono un egoista e un vigliacco» rispondeva lui. «Perché mi piace la libertà, anche quella di un pesce. Però quando la canna tira io mi sento felice. Dovremmo fare così anche con le persone, lasciarle libere».

«Ah, fammi capire, le persone le fai abboccare e poi le molli in mezzo al mare?»

«No Alma, le persone non vivono nel mare, vivono in questo mondo, dove però tutti vogliono metterti un laccio al collo, mentre andrebbero solo prese e lasciate andare, trattenere i loro baci e amarle, come faccio con i pesci. La differenza è che quelli non tornano, le persone possono farlo se le hai lasciate libere e se le hai davvero amate abbastanza».

Alma aveva pensato a sua madre, Tommaso a suo padre, e quei rottami che erano insieme si erano uniti per sempre, mentre Leyla era già tra loro senza che potessero saperlo.

Passarono il resto del tempo in quel modo, ad aggiustarsi, a prendersi come potevano prendersi solo le persone libere.

Nessuna promessa, nessun impegno, nessuna bugia.

Le chiesi se quello era l'amore.

«Non posso sapere cosa sia l'amore, so che non ho mai smesso di cercarlo» rispose sfiorandosi il braccio. «Questo tatuaggio è una frase che mi disse tuo nonno quando perse mia madre. Per ricordarmela me la sono scritta addosso, nella ricerca io trovo una qualche forma di felicità, nella promessa la felicità è già annegata».

Guardavo mia zia, il suo tatuaggio e le sue risate, e le feci l'unica promessa possibile, ma non glielo dissi mai.

32
Fantasmi

Il nostro tavolo dondolava e misi sotto a una delle gambe un pezzetto di carta che avevo nella borsa. Mia zia mi fece l'occhiolino e mi disse che in un posto così i tavoli dondolano tutti, maledetti adorati sampietrini.

C'era una signora seduta accanto a noi, una cliente abituale, si muoveva come fosse nel salone di casa propria. Era elegantissima, con una tinta bionda che copriva i capelli bianchi, gli occhiali con gli strass e una collana di perle che le arrivava fino alla vita. Quando si alzava un po' di vento, il suo scialle sfiorava il nostro tavolo e portava con sé un odore antico. Sorseggiava un bicchiere di vino ghiacciato e mangiava lentamente, bocconi di carne e patate.

Il cameriere la chiamava signora Rosa e lei aveva un sorriso spettrale. Era molto avanti con gli anni, almeno così mi sembrava, le mani erano avvizzite ma curate, il volto era pieno di pieghe messe in ordine che le davano un'aria regale. Ogni tanto scambiava due chiacchiere con il titolare del ristorante, un ometto piccolo piccolo dallo sguardo arguto e il naso grosso. Un romano da generazioni che gesticolava come un mimo e che provava a essere compìto senza riuscirci troppo.

Sentii la signora Rosa parlare a bassa voce quando il cameriere si allontanava, e solo allora notai che di fronte a lei c'era un altro bicchiere di vino pieno, con accanto un piatto, una candela e delle posate lucenti. Guardava dritto davanti a sé e sembrava parlasse con la sedia di fronte. Sospirava e sorrideva, commentando il piatto che secondo lei era delizioso.

Alma sbirciava con me quella strana donna e cercavamo di capire cosa stesse facendo. Mia zia, che come sempre aveva la faccia tosta di fare mille domande agli sconosciuti, fece avvicinare il proprietario. Luigi, così si chiamava, ci disse che la signora Rosa veniva a mangiare da loro ogni sera, da vent'anni. Raccontò che da giovane era molto sofisticata, portava scarpe alte e cappotti di lana cotta colorati. «Era sempre allegra, sapete» aggiunse, «credo lavorasse nella moda, anche se era eccentrica e un bel po' esigente. Ma amava questa trattoria che, come vedete, è davvero senza pretese. Qui si cucina il piatto del giorno, quello che trovi mangi».

Sorrise a malincuore, trattorie così a Roma non ce n'erano quasi più e lui ce lo fece notare.

«Io ho pochi clienti, sempre gli stessi e sempre molto in là con l'età, ma mi va bene così, sono vecchio anch'io, i miei figli sono andati via tutti e quando sarò troppo stanco mi ritirerò». Una smorfia di dolore comparve sulla sua faccia, quella di un uomo caparbio che però doveva arrendersi al tempo che scorre. Poi si girò verso il cameriere e gli disse di avvicinarsi anche lui. «Giuseppe, hai trattato bene queste signore? Guarda che non avevamo clienti così belle e giovani da un millennio, offrigli qualcosa».

Quello ci riempì di liquori e limoncelli, che mia zia detestava, ma facemmo finta di apprezzare.

La signora Rosa si alzò e guardò verso di noi, accennò un saluto e ci chiese se avessimo un accendino. Io le porsi il mio e lei mi guardò strano.

«Non dovresti fumare, sai? Fa male».

Alma stava per dire qualcosa ma venne anticipata.

«Glielo dico sempre a mio marito, ma quando finiamo di cenare vuole sempre fumare una sigaretta e io non riesco proprio a impedirglielo. Glielo riporto subito, signorina, grazie».

Ci diede le spalle e con un gesto stanco accese la candela davanti a lei, poggiata sul tavolo, coperta dall'acqua minerale. Sussurrò qualcosa che non capimmo e quando tornò verso di noi lasciò l'accendino sulla tovaglia.

«I mariti sono delle beghe» disse ancora, «guardi lì come si gode la sua sigaretta, mi ha promesso che è l'unica che fuma durante il giorno, ma io a casa li vedo quegli accendini sparsi e le cicche spente, faccio finta di niente, lo accetto per quello che è».

Il suo sguardo per un attimo partì per un viaggio lontanissimo. Io e Alma capimmo e restammo in silenzio ad aspettare che tornasse.

«Sa, lui ha fatto la guerra, io ero una bambina quando mi sono sposata, mi ha salvata dai tedeschi e mi ha portato a Parigi. Era un gran signore, amava le giacche di tweed e i cappelli a cilindro, ma oggi non gli calzano più. Aveva una fabbrica di tessuti, dove fece entrare anche me, diceva che avevo buon gusto e le mani piccole che sapevano disegnare, così ho iniziato a lavorare tutti i giorni. Sapeste quanti abiti ho disegnato nella mia vita! Quante sete avevamo in magazzino, da vestire una città intera, e infatti a Parigi avevamo un atelier dove venivano tutti. Ah, bei tempi quelli».

Aveva una voce tremolante che veniva da chissà dove, era assente, distratta, ferocemente bella. Non osammo interromperla.

«Senza di lui non sarei sopravvissuta, ma che ne sapete voi, cosa potete saperne della guerra?»

I suoi occhi furono attraversati da un lampo di rabbia, ma durò un attimo, era già andata via di nuovo, chissà dove, chissà con chi.

Poi mi fissò e disse che da giovane aveva i miei stessi capelli e gli occhi azzurri come i miei. «Guardami adesso però». Mi prese il viso tra le mani. «I miei sono pieni d'acqua».

Mi fece paura la sua espressione, aveva qualcosa di sinistro ma anche dolente. Continuai a guardare il suo vestito e notai che era costellato di piccoli buchi e slabbrature. La stoffa era indolenzita dal tempo e poggiava su fianchi larghi e appesantiti.

Guardai mia zia che mi fece capire di non interromperla, ma lei smise di parlare e una lacrima minuscola attraversò il suo viso. Aveva le mani piegate dall'artrosi e i capelli, a osservarli da vicino, erano ciuffi sparsi arrotolati male. Era insieme sciatta ed elegante, era disperatamente sola e ammaccata. Portava ancora la fede, stretta a un anulare gonfio e avvizzito.

Poi mi accorsi di un tatuaggio, un numero sbiadito sul braccio, lo notai nello stesso istante in cui lo notò Alma, non ci dicemmo niente e pronunciammo insieme la stessa frase.

«Perché non si siede con noi, signora Rosa?»

Lei ci guardò spaventata e sembrava voler correre via.

«Per tutta la vita ho obbedito a qualcuno» disse. «Per non morire ho detto sempre sì, e invece forse sono morta lo stesso. Avevo i calli alle mani, sapete? Troppi disegni, troppe forbici con cui mi sono tagliata per anni. Parigi era uno schifo, anzi no, Parigi era bellissima».

Una folata di vento alzò di nuovo il suo scialle che mi accarezzò il viso.

«Mio marito era un ufficiale importante, sapete? Dopo la guerra è diventato ricchissimo e mi ha preso con sé. Era un uomo grande e robusto, non ricordo quanti anni avesse. Io undici, forse meno, non me lo ricordo. La memoria è quella che è» ammise. «Mi ha lasciato anni a cucire vestiti mentre lui girava il mondo, però mi dava da mangiare e un tetto sopra la testa... Io non sono riuscita a dargli un figlio, ma mi ha perdonato, sapete? È tornato da me perché io l'ho amato tanto, non si può non amare una persona che ti salva la vita».

Alma si alzò e fece per abbracciarla, ma la signora Rosa si scostò immediatamente e tornò brusca verso il suo tavolo. Prima di sedersi si girò verso di me e mi disse che mi amava, ma il mio sguardo interrogativo la fece continuare.

«Quella donna accanto a te ti ama, sarà sempre al tuo fianco, lo vedo, anche quando non ci sarà più. Ricordatelo, ragazzina, quando ti mancherà accendi una candela, vedrai che saprà dove tornare».

Io la guardai sgomenta, mi spaventai e sentii un brivido, l'accenno di un tremore. Alma mi prese le mani e cercò subito di scherzarci su.

«Vedi che devi credermi quando ti dico che io ci sarò sempre?»

Io ero immobile come una statua, non riuscivo a muovermi anche se Alma cercava di sorridermi. Vidi che cominciò a bere quel liquore che odiava e capii che si era innervosita anche lei.

Dopo qualche minuto Rosa spense la candela con un colpo secco e se ne andò. Salutò Luigi e Giuseppe brontolando per il dolore alle gambe.

«Ci vediamo domani, signora» dissero in coro.

Provammo a salutarla anche noi, ma non ci sentì.

Fece per prendere sottobraccio qualcuno mentre disse a quel qualcuno: «Portami a casa, Mimmo, sono stanca».

Il marito era un soldato americano e aveva trovato Rosa in un fossato vicino a un campo di concentramento. Le aveva offerto una caramella e lei era uscita da lì come un cagnolino. Era sporca, scheletrica e disperata. Lui aveva cinquant'anni, lei solo tredici, era stata chiusa in un campo per venti mesi, ci confermò Luigi, e quella era la sua storia.

Era diventata pazza, rimasta in manicomio per parecchio tempo. Poi i manicomi avevano chiuso e lei era tornata a casa.

Era convinta di cenare ogni sera con suo marito, era l'unica persona che aveva avuto pietà di lei e non lo aveva mai dimenticato. Continuava a essergliene grata in un modo tutto suo.

La morte non arriva solo quando si prende il tuo corpo, spesso convive con te, ti sta vicino ogni giorno, cammina al tuo fianco, fa l'amore con te, respira il tuo respiro, fino a quando ti fai vecchio e non sai più qual è la vita e quale la morte. Rosa viveva nel mezzo, senza riuscire a scegliere né l'una né l'altra.

Lasciammo il ristorante a passo lento, appesantite da quella storia che ci aveva piegato il cuore. Alma era stranamente silenziosa, aveva sentito qualcosa in quella donna che non riusciva a capire nemmeno lei.

«Ti va di passeggiare ancora un po'?» mi chiese.

«Certo, dove vuoi andare?»

«Lungo il Tevere, portami lì sotto, ho bisogno di aria».

Mi strinse la mano e camminammo tutta la notte, ci fermammo sotto casa mia e risalimmo le scale. I murales lungo la salita ci fecero compagnia, enormi occhi disegnati facevano da sfondo a dipinti e scritte contro la guerra. Alma si fermò davanti a quello dov'era scritto 'Nessuna guerra è mai giusta. Perdono tutti, vincitori e vinti'.

Alma mi chiese di mettermi lì davanti, voleva scattare foto.

Io sbuffai e dissi: «Ti prego zia, basta foto».

«E se mi metto accanto a te, ti va?»

Aveva gli occhi lucidi e non lo so perché, mi sistemò i capelli e io sistemai i suoi. Poggiò la macchina fotografica sopra un palo e si allontanò.

«Sveva, al mio tre, non ti muovere».

Lei corse accanto a me ma non fece in tempo ad abbracciarmi, così uscì tutta mossa e fuori fuoco. Com'era lei, sempre fuori fuoco, senza linee di confini, con gli orizzonti infiniti di chi dura in eterno.

Scattammo tante foto insieme, era buio, si vedeva poco e il flash ogni tanto non funzionava, ma ridemmo, ridemmo tanto.

Quell'ombra sugli occhi di Alma sembrava essere passata come una carezza che rimase sul suo viso, una di quelle che il ricordo avrebbe fermato per sempre. Un presagio passò sul suo volto ma io non me ne accorsi. Lei sì, ma non me lo disse mai.

«È un bel nome Rosa» disse.

«Sì zia, un nome che non si usa più, ma sì è un bel nome» risposi.

«I nomi tornano sempre, prima o poi, come le persone».

33
Io e mia madre

I mesi passarono veloci, l'esame per entrare in accademia era sempre più vicino e io sempre più preoccupata. Avevo sul collo il fiato di mia madre, che negli ultimi tempi trovavo addormentata sul divano in attesa del ritorno di mio padre che non tornava mai. Ogni volta che la vedevo così, finivo con lo svegliarla per portarla a letto. Mi chiedeva di passare da lei e contemporaneamente non faceva altro che rimproverarmi, preferivo trovarla che dormiva sul divano con il bicchiere rovesciato in mano e la puzza di alcol che le invadeva le labbra.

Era una donna infelice, inaridita. In quella casa mancava tutto, mentre le mensole in ordine e l'argenteria buona coprivano il dolore di un matrimonio fittizio fin dal primo giorno. I miei genitori non si erano mai amati davvero, lo avevo compreso con il tempo, a forza di vederli spargere colla sulle loro promesse d'amore mancato. Ma quanto può reggere un collante consumato? Pensavano di aver trovato quello migliore facendomi nascere, ma non fu così, io divenni il coltello che dilaniò i loro corpi, la loro mina vagante. E ogni passo che facevano, un pezzo di loro saltava in aria: boom! Un giorno era un braccio, un altro una mano, un altro ancora un piede, e infine il cuore. E più crescevo e più loro diventavano estranei. Mia madre aveva delegato a mia zia la mia crescita senza mai dirlo apertamente, mio padre aveva investito mia madre di una responsabilità troppo grande perché potesse reggerla da sola e così arrivò quello che be presto diventò il suo migliore alleato: l'alcol.

Le poche volte che era lucida finivamo in discussioni terribili che io non riuscivo più a sopportare, vederla in quello stato mi dava un dolore troppo grande, era mia madre ed ero troppo coinvolta. C'era qualcosa in lei che scatenava una rabbia terribile, che solleticava la parte di me più feroce. Mi faceva pena, mi faceva incazzare, e tra questi due estremi non riuscivo mai a decidermi. Mi ero irrigidita con gli anni, provavo a essere distaccata e mi rifugiavo da qualche parte, in qualche angolo remoto di me stessa dove nessuno poteva trovarmi. Non piangevo nemmeno più, mi dilatavo mentre le lacrime restavano chiuse dentro.

Un giorno dei tanti in cui non faceva che bere, la trovai sbronza ma lucida. Voleva parlare di se stessa e io non glielo impedii. Mi accartocciai dentro il maglione troppo grande e slabbrato dal tempo e mi sedetti accanto a lei sul divano.

La casa era buia come sempre e una sottile lama di luce tagliava la faccia di mia madre in due. Era ancora bella, nonostante la chirurgia plastica le avesse deturpato le guance e il sorriso, che non capivo più se fosse reale oppure no. La vestaglia nera la faceva sembrare una prefica, il pizzo le abbracciava il seno e un cappuccio di seta era poggiato sulla testa reclinata sui cuscini. Guardava il soffitto in silenzio quando a un certo punto mi fece una richiesta.

«Mettimi Chopin, Sveva» disse.

Non sapevo mia madre ascoltasse musica, non lo aveva mai fatto davanti a me e non sapevo nemmeno dove cercarla.

«C'è un cassetto dietro la libreria, ci sono i miei dischi preferiti» spiegò capendo il motivo della mia esitazione, «prendi il *Bolero* e siediti vicino a me».

Era stranamente calma, come intontita, con gli occhi rivolti verso la finestra.

Si servì l'ennesimo bicchiere di vino, io la guardavo e pensavo che fosse profondamente sola e mentre lo pensavo pensavo anche che ero sua figlia, lei era mia madre, ciononostante non provavo alcuna emozione. Avrei potuto abbracciarla ma non riuscivo a perdonarla, non ero abbastanza forte da farlo.

Cominciò a raccontare cose senza senso, doveva rifare casa, diceva, «la tua stanza è troppo grande, forse dovrei farci un angolo bar. Tu non ci sei mai, è ora di lasciare andare anche quella».

Stavo per andarmene, non sopportavo vederla in quel modo, quando mi trattenne per un braccio e cominciò a parlare di me bambina. Mi confessò di quanto avesse penato per avermi, perché mio padre non voleva figli. Mi disse che ebbe tre aborti prima di me, uno dopo l'altro, e che con quei feti perduti se ne era andata un po' anche lei.

Non volevo sapere queste cose, io non c'ero e lei non aveva il diritto di dirmele, lo faceva per farmi del male, perché sentissi il peso delle sue sconfitte.

«Erano tutti maschi» disse, «tre maschietti. Sarebbero stati più liberi di me, più liberi di noi».

Adesso aveva lo sguardo colmo di sofferenza, fisso sulle sue ciabatte di seta lucida. Non disse perché li avesse perduti, potevo solo immaginarlo.

Si addormentò pochi minuti dopo, mentre Chopin

ancora suonava e io guardavo lei e pensavo di non conoscerla affatto, di non sapere niente di mia madre. Diventai triste all'improvviso. Le osservavo la pancia, dove ancora viveva una cicatrice profonda provocata dal parto. Perché mi hai fatto nascere, mamma? Perché alla fine hai voluto me? Non potevi uccidermi come hai fatto con i miei fratelli?

Questo pensai quando la lasciai da sola nel salone enorme, sul suo divano di velluto, sulla sua storia dove io non avevo ancora capito dove stare.

Un giorno, tempo dopo, mi telefonò per dirmi che aveva lasciato le chiavi dentro casa e che avrei dovuto portarle delle medicine che aveva dimenticato in bagno. Era per strada seduta a un bar e dovevo fare alla svelta. Avevo un mazzo di chiavi in più che tenevo sempre a portata di mano. La mia scuola di teatro era vicino a casa, perciò decisi di accontentarla, non mi sarebbe costato niente.

Entrai nell'appartamento dov'ero cresciuta, senza i miei genitori sembrava una casa di fantasmi. C'era un silenzio a cui non ero abituata, il brusio del frigo si vibrava nell'aria. C'erano le luci accese e i ventilatori che giravano, il divano di velluto dove lei ormai cadeva ogni notte ubriaca. Doveva essere uscita in fretta, lasciando tutto in disordine come non faceva mai.

Restai pochi minuti a guardarmi intorno ed entrai in bagno, cominciai ad aprire cassetti su cassetti per trovare le medicine che mi aveva chiesto. All'inizio non mi era chiaro perché non potesse andare a comprarsele in farmacia, visto che mi disse che le prendeva da mesi, poi capii. Mia madre non era solo un'alcolizzata, ma era anche dipendente da diversi psicofarmaci che cercavano di stabilizzarle l'umore senza mai riuscirci davvero. Non mi stupii.

Mentre cercavo in giro le sue chiavi di casa, trovai una lettera a mio padre che lei aveva scritto con una grafia tremante e minuscola. Erano cancellate alcune parti e non si capiva granché. La riposi nel cassetto perché avevo paura di leggere ciò che c'era scritto.

Avevo paura di prendere tutto quel dolore che mia madre aveva accumulato negli anni. Non era mai guarita dalle sue ferite e quel sangue era stato riversato su di me, anche se quelle ferite non ero stata io a fargliele. In quel momento capii che finché non sarebbe guarita avrei continuato a sanguinare insieme a lei.

34
Codici Morse

Poi arrivò il giorno. Alma mi chiamò con urgenza.

«Leyla ha deciso di nascere oggi! Sto andando in ospedale, sono con Dafne, ti aspetto lì».

Aveva la voce debole e il fiatone, riattaccò subito e non ebbi il tempo di farle mezza domanda.

Pochi minuti dopo ricevetti un messaggio da Dafne: *Sta bene, ci sono io con lei, ma sbrigati a venire, porta le sigarette e un paio di occhiali scuri. Ho dimenticato tutto e sto morendo di ansia. In ospedale c'è il neon e io odio il neon.* Seguivano una serie di emoji che aveva solo lei.

Dafne, che aveva paura di tutto, che non voleva far vedere le occhiaie, che fumava come una turca anche dove non si poteva, che odiava gli ospedali, i medici e la morte. Dafne, la ragazzina mai cresciuta, anzi cresciuta troppo in fretta. Dafne, quella che c'era, sempre.

Mollai tutto, la testa mi girava e avevo il cuore in gola. Non capivo niente, avevo la mente annebbiata, una paura fottuta e una qualche forma di felicità mi stava invadendo il corpo.

Provai a chiamare mio nonno ma il suo numero era spento, forse era già in ospedale. Tommaso era lontano, sapevo che stava in Grecia e lo sapeva anche mia zia. Mancava quasi un mese alla scadenza del termine, evidentemente Leyla era già destinata a sorprenderci. Non ce lo aspettavamo, ma certi bambini se ne fottono delle date, hanno fretta di farsi vedere, di spostare le lancette degli orologi e dilatare il tempo.

Arrivai davanti all'ospedale a piedi, era sul fiume, su un isolotto nel cuore della città, dove le ambulanze sparivano dietro un vicolo mentre i passanti scattavano foto. Letti con le flebo vista Tevere, un bel modo di nascere e di morire: guardando Roma. I corridoi stretti si incuneavano l'uno nell'altro, le scritte dei reparti mi fecero perdere. Era un posto piccolo ma intricato, con la gente in fila ordinata in sale d'attesa che sembravano loculi.

Ogni volta che si entra in un ospedale, mentre si cerca un qualunque reparto di una qualunque specializzazione, ci si imbatte in una scritta che inquieta solo da vivi: 'Camera mortuaria'. Da piccola quando andavo con mia madre a trovare mio padre in ospedale arrivavo sempre davanti a quell'indicazione, non la cercavo ma lei era sempre lì, da qualunque angolazione arrivassi. E ogni volta pensavo la stessa cosa, ma chi diavolo ci lavora con i morti? E quanto tempo ci restano lì dentro? Hanno le etichette sul pollice del piede? Quando nasciamo ci mettono un braccialetto al polso, quando moriamo perché quelle etichette sul pollice del piede? Quando nasciamo ci scrivono sopra un nome e quando moriamo un numero? Non l'ho mai capito, forse ho visto troppi film americani, dove il morto ammazzato viene sempre tirato fuori da un cassetto di alluminio per i piedi.

Le camere ardenti sono luoghi orribili, perché bisogna esporre un morto? Nemmeno fosse un quadro, un vestito, un gioiello. Mia zia Alma spesso mi raccontava che sui set dei film quel momento era il più divertente. L'attore che faceva il morto di solito provava a sdrammatizzare e la scena del film più triste per il pubblico diventava la più divertente per chi la girava. Alma aveva un grande rispetto per la morte, non le faceva paura, le facevano paura le cose che a quel morto magari non si erano ancora dette, le parole e gli abbracci mancati.

Scherzavamo spesso sull'argomento, lei riusciva a essere divertente anche quando si parlava di una cosa così brutta.

«Piuttosto» diceva, «quando morirò non ti sognare di chiudermi dentro un'orribile cella frigorifera, e niente etichette, per favore, che già le portiamo addosso tutta la vita. Almeno da morta fammi essere libera. Piuttosto bruciami e buttami in mare». Scostava i capelli e si faceva la coda da un lato, tirava fuori il lucidalabbra alla fragola e i suoi occhi mi guardavano inquisitori. Faceva una lunga pausa, mi prendeva le mani e mi diceva: «Prometti!»

Io tergiversavo e cercavo di parlare di altro, ma in cuor mio sapevo che quella promessa l'avrei mantenuta.

«E allora zia diciamoci tutte le cose che dobbiamo dirci!»

«Ti voglio bene, bestiolina!»

Mi stringeva forte e in quell'abbraccio io mi sentivo cullata, odoravo il suo cuore di vaniglia e la sua pelle di seta. Non era mia madre, io non ero sua figlia, ma lei mi aveva insegnato che certi legami anche se hanno radici diverse sono altrettanto forti, a volte persino più sinceri, e pensavo sempre che se io avessi conosciuto una ragazza che si chiamava come lei, che era come lei, in qualunque posto del mondo, l'avrei amata allo stesso modo.

«Signorina, signorina!»

Mi sentii scuotere la spalla da un'infermiera vestita di verde che odorava di cloroformio. Era altissima e aveva una mascherina chirurgica sulla bocca che intubava la sua voce.

Trasalii e spaventata chiesi cosa volesse.

«Lei è Sveva Petruzzelli?»

«Sì, sono io, è successo qualcosa?»

L'infermiera mi guardò con occhi dolci e avvertii un sorriso dietro la mascherina.

«C'è la signora Alma che chiede di lei, è nata sua sorella, sua madre sta bene, l'aspetta in camera».

Avrei voluto dirle che lei non era mia madre e che Leyla non era mia sorella, ma per un attimo lo ero stata e una strana emozione mi smosse la pancia.

«Mi segua, la porto da loro».

A passo deciso attraversò il corridoio con i suoi zoccoli bianchi e silenziosi. Aveva i capelli in disordine e lo smalto rovinato, ma la schiena era dritta come un fuso e aveva un portamento da combattente.

Mi lasciò all'ingresso della porta, c'era il tramonto dietro di me, la luce fioca del sole illuminava a malapena la porta bianca. Abbassai la maniglia lentamente, non volevo fare rumore. Vidi mia zia attaccata alle flebo, un mazzo di fiori accanto al comodino, un odore di vaniglia che invadeva tutto. Alma dormiva e respirava piano, era pallida e bellissima. I suoi capelli lunghi incorniciavano il cuscino e pendevano ai lati del letto. La pancia era scomparsa e lei si era come ritirata. Sembrava una bambina con il seno grande e gonfio. Le diedi un bacio sulla fronte e le aggiustai i capelli. Restai così accanto a lei, seduta su una sedia scomoda in attesa che si svegliasse. Non so quanto tempo passò, ma mi addormentai. Quando riaprii gli occhi Alma non c'era, non vedevo più nessuno, mi girai verso il balcone e la vidi in piedi, di spalle, a contemplare la notte. Sorrideva con Dafne che si era accesa l'ennesima sigaretta e gesticolava insistentemente. Mi affacciai anch'io e Dafne mi fece l'occhiolino.

«Non ci sono posaceneri in questa stanza» brontolò come faceva sempre quando era agitata. Mia zia era muta e mi guardava con occhi dolcissimi.

Le cinsi la vita da dietro per paura di farle male, era piena di punti, aveva dovuto subire un parto cesareo urgente, Leyla aveva ballato a rovescio e il cordone le si era attorcigliato intorno al collo.

Restammo in silenzio sotto un cielo scuro. Poi Alma mi guardò e disse che era nata mia sorella. Io mi misi a ridere e le raccontai dell'infermiera che si era sbagliata e mi aveva scambiato per sua figlia. Lei sospirò e seria mi disse: «Ma tu lo sei».

«Sono cosa, zia?»

Volevo che lo dicesse.

«Sei la sorella di Leyla, sei mia figlia. Lo sei perché ho deciso così, lo sei perché so che ti prenderai cura di Leyla quando io sarò troppo vecchia per farlo».

Guardai Dafne avvolta dal fumo che aveva le lacrime agli occhi.

«Va bene» dissi, «però adesso sei ancora giovane e io troppo piccola per fare la mamma».

Lei scoppiò a ridere. Scoppiammo a ridere tutte e tre.

«La sai una cosa, Sveva?» disse Alma.

«Spara».

«Leyla ha i tuoi occhi. Per fortuna non ha i miei. Nessuno la guarderà strano».

Alma che si vergognava dei suoi occhi strambi, Alma che quegli occhi avevano reso unica.

«I tuoi occhi sono bellissimi, c'è chi pagherebbe oro per averne uno azzurro e uno verde. Io li ho solo azzurri, ho gli occhi noiosi, sempre uguali. I tuoi cambiano sempre, a volte sono persino giallognoli, si intonano bene con la tua cicatrice, che fa da spartiacque agli sguardi altrui».

Cominciammo a giocare come sempre, era ancora la mia Alma, anche se era diventata mamma era sempre uguale, e questo mi rincuorò.

«Sono dimagrita all'improvviso, guarda un po'! E che tette gigantesche che ho, non mi succederà più» scherzò. Scoppiammo di nuovo a ridere come due cretine, mentre Dafne era rientrata in stanza per lasciarci sole.

Poi squillò il telefono e vidi sul display il nome di Tommaso. Mi venne un dubbio.

«Zia, lo hai avvisato, vero?»

Lei mise il suo dito davanti alla mia bocca e fece segno di fare silenzio.

«No, ancora no» disse.

«E che aspetti?»

«Aspetto che mi riportino in camera Leyla, scatterò una foto e gliela manderò, così capirà».

«Ma perché non lo chiami? Gli prenderà un colpo se gli arriva una foto di sua figlia così, senza avvisare».

«Stai tranquilla, ci siamo detti che se fosse arrivata nostra figlia prima del previsto non ci saremmo dovuti scrivere tantomeno telefonare, abbiamo i nostri riti. E poi cosa vuoi che gli scriva? Capirà, e se lui mi manderà la foto del suo mare io invece capirò che sta tornando. E solo quando sarà qui con me potrò dirgli tutto quello che provo».

«Siete proprio strani, zia...»

In realtà li ammiravo. Quel giorno compresi che Tommaso e Alma avevano tutto un loro codice Morse, e quel codice non corrispondeva a quello di nessun'altra coppia. Non puoi mai conoscere il linguaggio di due persone che si amano, ognuno lo fa a modo suo e Alma e Tommaso avevano trovato il loro.

«Allora, la vuoi conoscere la tua sorellina o no?»

«Non vedo l'ora!»

«Vieni con me, tuo nonno l'ha già rapita. Ha corrotto l'ostetrica e si è fatto dare una stanza tutta per loro».

Il primo uomo della sua vita era mio nonno, quel codice Morse l'aveva anche con lui, e neppure quello avrei mai potuto comprenderlo.

Lasciammo Dafne in corridoio, con i suoi occhiali scuri e il volto appeso ai ricordi. Un velo di silenzio cadde su di lei come un'ombra. Non aveva voluto figli per non mettere al mondo altri guerrieri, perché per lei la vita era stata una guerra continua, un combattimento doloroso e maledetto.

Dafne che non era fatta per le invidie, i rancori, non era per gli affetti falsificati, i doveri coniugali, i tradimenti morali. Lei, apocalittica nei giudizi e sempre crudele nelle verità. Dafne che si leggeva tutto nella sua bocca chiusa, scucita nelle parole dolorose, che amava tantissimo e odiava all'inverosimile di un odio che non era mai vendetta, era semplicemente muro. Dafne che aveva perduto e vinto insieme, che aveva i pantaloni larghi che coprivano maldestramente quel corpo minuscolo e fortissimo. Lei, anarchica fino al midollo, che sputava sul potere quando il potere la cercava, sempre dalla parte degli esclusi, dei vinti, dei pazzi. Lei che si faceva il whisky distillando fiori e cantava con De André.

Mentre si tirava su i jeans sdruciti e teneva le mani in tasca, restò ferma davanti al vetro del nido dell'ospedale, a dare una vita a ognuno di quei piccoli dentro le culle. Lei, che era stata portata via troppo presto, lei che una culla non l'aveva mai avuta e che era stata culla di tutti. E adesso era pronta a esserlo ancora, per noi, per Leyla, per quella minuscola famiglia di amici che si era creata a colpi d'amore. Dafne sarebbe stata la madrina di Leyla e solo tempo dopo capii che fu la scelta migliore che Alma potesse fare.

PARTE TERZA

35
Tre anni dopo

I primi mesi di vita di Leyla erano volati via come un soffio. Una cascata di boccoli neri e un sorriso che avrebbe fermato una guerra. A tre anni aveva già visto mezzo mondo, cadendo su ogni tipo di roccia, guardando ogni tipo di tramonto e solcato mari di ogni costa possibile. Quando Alma era impegnata a girare film la portava con sé, mentre Tommaso le aveva subito insegnato a fare i nodi sulla barca a vela quando il mare era in tempesta.

Eravamo sempre insieme io e Leyla, non era cambiato niente anche se era cambiato tutto. Ero entrata in accademia e il mio sogno si era finalmente avverato. A volte la portavo con me ai miei primi veri spettacoli teatrali, la facevo giocare con i vestiti di scena e la cipria, si divertiva a mettere in ordine i fiori che mi arrivavano in camerino. Alma era seduta sempre in prima fila ogni volta che era a Roma. Tommaso andava e veniva dai suoi charter, ma per il resto era presente. Un padre affettuoso, dolcissimo, strambo. È proprio così che diceva Leyla: «Papà e mamma strambi». E quando lo diceva scoppiavamo a ridere tutti insieme. Di me invece: «Sorella brava, sorella bella», e con le sue manine faceva applausi sbilenchi e fortissimi che strappavano sorrisi a chiunque.

Era una bambina stramba pure lei, una che se le facevi

scegliere tra i giocattoli e i libri sceglieva i libri, che ai colletti di pizzo preferiva le t-shirt bianche da pitturare, una a cui piaceva addormentarsi di più sull'amaca davanti al mare che dentro una cameretta rosa, una che se vedeva un pianoforte cominciava a battere sui tasti bianchi e neri. Leyla era una minuscola Alma più forte, con una sorella che ero io senza esserlo, una madre e un padre che l'amavano perdutamente. Erano una famiglia disfunzionale, sincera e senza artefatti. E la bambina stava crescendo libera e felice come pochi bambini al mondo. Collezionava conchiglie coi buchi e mi faceva fare collane stupende che vendevamo insieme d'estate sulla spiaggia. Ma non chiedeva soldi, in cambio diceva: «Un sorriso per favore».

Era buffa come lo sanno essere i bambini, con gli occhi spalancati sul mondo e sulla verità. Quando compì cinque anni chiese al padre di portarla a vedere i delfini e così salimmo tutti in barca con una torta di compleanno preparata da Alma a forma di pesce palla. Era bravissima ad aiutarmi quando dovevo preparare una parte, faceva la voce fuoricampo come fosse una vera attrice ed era la prima a criticarmi se sbagliavo un'intonazione. Di solito aveva pure ragione. Zia Alma ci guardava mentre giocavamo, come a volersi assicurare che ce l'aveva fatta, che aveva ragione, eravamo sorelle, e forse lo eravamo tutte e tre insieme. L'amore per Tommaso resisteva al tempo e alle separazioni e io mi stupivo ogni volta.

È incredibile quanto certi legami siano indissolubili nonostante non siano quelli che conosciamo tutti. Alma e Tommaso non vivevano nella stessa casa, eppure insieme facevano più casa di altri; non erano sposati, eppure quel 'per sempre' era scritto in altri modi, negli occhi di Leyla e nei suoi sorrisi. Forse è questo il segreto di una coppia che dura nel tempo, è il restare individui che fa resistere tutto. Niente imposizioni, nessun obbligo, nessun mutuo cointestato, nessun bene in comune, solo quel bene che ha un'altra genesi, quella più importante.

Mi scrivevo spesso con il chitarrista francese, Jérôme. Eravamo unitissimi. «Ti amo un mondo di bene» diceva, forse traducendo male in italiano, o forse no. Ma era bello aspettare che tornasse a Roma. Quando venivano a cena Dafne e Giordano, loro sì una coppia di adorabili scoppiati che stavano invecchiando insieme, avevo la stessa percezione, quella che ognuno di noi trova il proprio equilibrio solo quando decide di non accontentare nessun altro se non se stesso. Anche se Dafne lasciava spesso a Giordano cene surgelate in frigo e pensieri aggrovigliati sparsi ovunque, lui era pronto a raccogliere e rimettere in ordine. Si amavano follemente quei due, erano un incastro perfetto, arrugginito e con croste abbastanza grandi da curarsi insieme. Quei codici Morse avevo imparato a rispettarli anche con loro. E non potevo pensarla diversamente, visto che davanti a me avevo avuto dei genitori che si erano odiati per tutta la vita. Nessuno dei due aveva avuto il coraggio di andarsene, ché restare è sempre la scelta più prossima. Solo che quando si resta per forza il campo di battaglia è un bagno di sangue, a combattere sono i soldati, sono i figli, sono loro a cadere per primi. Mia madre era rimasta, aveva preferito essere un'infelice cronica. 'Soffro io, piuttosto che tutta la famiglia', si era detta: un pensiero che leggevo ogni giorno dentro i suoi bicchieri di alcol. Solo che poi si implode, si diventa detonatori di se stessi, kamikaze che saltano in aria investendo tutto.

È quando si smette di far felici gli altri che si vince davvero. Ma ci vuole coraggio, quello che Alma aveva provato a insegnarmi fin dal primo giorno, quel coraggio che nasce per farti sopravvivere. Lo stesso di quella stranna nonna Alma fuggita da tutto, che aveva cresciuto due figli da sola e predetto il futuro altrove.

Quella nonna una notte venne da me. Non lo raccontai a nessuno, nemmeno ad Alma. Quando ci penso ancora non so se è stato un sogno davvero o solo una suggestione. Avevo bevuto quella sera, ero abbattuta dall'ennesima litigata con mia madre. Ero in dormiveglia e mi sembrava di avere visto davanti allo specchio del mio letto il suo volto. All'inizio pensavo fosse Alma, ci somigliava tantissimo, ma era più vecchia e non aveva la sua cicatrice. Sembrava sussurrare qualcosa che non riuscivo a capire, mentre muoveva il suo volto verso di me. Sbattei gli occhi per un po' di minuti, convinta com'ero di sognare e forse davvero stavo solo sognando. Avevo una paura fottuta e sudavo, quando la vidi ebbi un brivido. Tendeva la sua mano verso la mia ma non riusciva a toccarmi. Mi scostavo, tremavo eppure non riuscivo a smettere di guardarla. Sembrava volesse consolarmi, sembrava dirmi di stare tranquilla, che sarebbe tutto passato, dovevo solo avere un po' di coraggio.

Non volevo parlare con i morti, a quello già ci pensava mia zia, io non ci credevo a quelle cose, credevo alla vita che aveva spaccato in due la me stessa bambina, divisa tra mia madre e sua sorella, mentre il cuore si allargava e diventava elastico, tirando sempre e solo da una parte, che non era quella di mia madre.

Le due Alma erano diventate una cosa sola, mi addormentai scossa e al mio risveglio lo specchio era sempre lì vuoto, mi guardai riflessa ma non vidi niente, solo il mio viso stanco e accigliato. Poi feci un sorriso a me stessa, un sorriso che sembrava venire da lontano, chissà da dove, chissà da chi.

36
Nonno Manù

Mio nonno Emanuele stava invecchiando, era rimasto solo. Non aspettava più Clara da tanto tempo, e nessun'altra Clara era riuscita a entrare nella sua vita. Lei viveva da qualche parte nel mondo che soltanto lui conosceva.

Era finita a vivere in una specie di strana comunità girovaga ispirata a Damanhur, una setta di uomini e donne dallo spirito libero con il pallino della pranoterapia e della pittura. Un circolo esoterico che cercava luoghi sotterranei dove vivere, che si muoveva continuamente nel Nord Italia. Clara si era unita a uno dei numerosi gruppi che si spostavano senza mai trovare un luogo dove vivere. La sua testa continuava a muoversi tra disturbi di personalità e ossessioni. Ogni tanto spediva qualche cartolina a Emanuele dove scriveva frasi senza senso.

Con il tempo Clara smise anche di mandare regali ad Alma e, quando seppe che l'aveva resa nonna di una bambina, per un bel po' di tempo non si fece più sentire. Clara non era mai riuscita a gestire nessuna emozione, semmai ne avesse avute. Aveva abbandonato il marito ma un po' anche le sue figlie, non si sentiva in grado, non aveva abbastanza forza per fare la madre. Ci aveva provato con Sarah, ma in fondo aveva solo peggiorato tutto.

Si limitava a scrivere sporadicamente lettere e biglietti senza senso, messaggi di scuse poco credibili e incerti di una donna psicolabile che non era riuscita a trovare un centro nella sua vita, lasciando a mio nonno tutto il peso della sua assenza. Nonostante questo lui non smise di pensarla fino all'ultimo, fino a quel giorno in cui si alzò dal letto e cominciò il suo calvario.

La sua memoria iniziò a non funzionare più, si inceppava continuamente, lasciando buchi sparsi nelle azioni quotidiane.

La sua camminata era sempre più incerta, usciva di casa spesso con una meta per poi dimenticarla subito dopo. Cercava di mantenersi in equilibrio, nonostante tutto. Aveva cominciato a scrivere le cose da fare su un diario, ma sempre più spesso non ricordava dove lo aveva riposto. Non ne parlava con nessuno di questi suoi vuoti di memoria, resisteva da solo, come sempre aveva fatto nella sua vita.

Andava spesso a prendere a scuola Leyla, era un loro appuntamento fisso. Alma e Tommaso glielo lasciavano fare, sapevano che per lui Leyla era importante, per la sua somiglianza con quella bambina che era stata Alma, che lui aveva cresciuto completamente solo. Era felice che Leyla avesse una padre e una madre, una famiglia che in fondo ad Alma era mancata. E poi Leyla con lui aveva un legame profondo e intimo. Quella bambina aveva dentro di sé qualcosa che lo attraeva e lo faceva tornare ragazzino. Era la sua stellina luminosa.

E poi accadde. Accadde che quella memoria una mattina si inceppò troppo e nonno Manù dimenticò il suo appuntamento con Leyla. Non se lo perdonò mai.

L'estate era arrivata, quella mattina era molto caldo e nonno Manù si svegliò appesantito e sudato. Si fece un caffè caldo, che poggiò sulla scrivania del suo studio. Passò la mattinata a leggere, il tempo correva ma lui non se ne accorse. Era intento ad ascoltare la sua musica mentre sonnecchiava sulla poltrona. Leyla lo aspettò invano davanti al portone della sua scuola.

«Mamma» disse Leyla, «nonno ha dimenticato di venire a prendermi».

Era l'ultimo giorno prima delle vacanze, Leyla teneva la mano stretta a quella della maestra. Era impaurita e preoccupata perché il nonno Manù – così lo chiamava – si era scordato di lei. Non l'aveva mai fatto.

Quando Alma sentì squillare il cellulare era dal medico, una normale visita di controllo, insieme a Tommaso. Aveva quarant'anni ma lui doveva starle dietro quando si trattava di dottori. Mia zia li detestava, le facevano paura con quei camici bianchi sempre pronti a darti cattive notizie. Di fronte a loro si faceva piccola e fragile come non era mai. Tommaso l'aveva convinta a farsi fare qualche analisi, di tanto in tanto, lei che pensava sempre e solo alla salute degli altri doveva imparare a prendersi cura anche della propria.

Leyla aveva già aspettato più di mezz'ora e la scuola doveva chiudere.

Alma si sarebbe precipitata fuori dallo studio medico così com'era, con ancora l'ago nel braccio, se Tommaso non l'avesse trattenuta il tempo sufficiente a terminare il prelievo.

Arrivarono insieme lei e Tommaso. Alma era trafelata all'ingresso e la piccola le disse del nonno. Si scusò con la maestra, che le rivolse un sorriso di comprensione. Insieme Alma e Tommaso quella maestra li aveva visti raramente, era sempre il nonno a venire a prendere la piccola Leyla.

Quei genitori gentili e discreti non si vedevano spesso a scuola, perché lasciavano che fosse il nonno a occuparsi della bambina, per lui la nipote era una distrazione importante dalla monotonia della pensione. Ma le rare volte che venivano sfoggiavano sorrisi aperti e un modo di fare fuori dal comune. Tommaso parlava poco ma sapeva trasmettere una simpatia e una solarità stupefacenti. Alma sembrava arrivare direttamente da un festival hippie, indossava sempre sciarpe colorate e gonne lunghe a fiori, era una donna priva di velleità e molto pratica. Sua figlia le somigliava moltissimo. Era generosissima con le sue compagne di classe, distribuiva caramelle e merende per tutti, amava i bambini più deboli e con loro legava spesso.

In classe c'era un bambino problematico con un forte deficit di attenzione. A volte l'insegnante di sostegno doveva rimproverarla perché sembrava quasi volesse 'rubarle il lavoro', ma Leyla era così, un mucchietto di ossa sensibili e magiche che diffondevano il buonumore.

Disegnava tantissimo, spesso disegnava suo nonno. Lo amava profondamente, quel nonno che le raccontava tante storie, a volte inventate a volte reali. Leyla andava matta per i libretti delle opere che Emanuele le leggeva ad alta voce, impazziva per Bach e per le arie tristi della *Bohème* e di *Madama Butterfly*. Quando metteva su il vinile dell'*Otello* sul giradischi, lei si metteva in braccio al nonno e facevano il cavalluccio, i boccoli di Leyla andavano su e giù e i suoi occhi azzurri lacrimavano dalle risate.

«Facciamo il gioco del silenzio» gli proponeva poi, quando si era calmata. «Guardiamoci negli occhi, e chi ride per primo perde!»

Stavano ore a fissarsi impassibili mentre lei gli faceva il solletico e lui contrattaccava con delle espressioni buffe, finché uno dei due scoppiava. Quasi sempre era Leyla a vincere. «Hai perso un bacio» gli diceva allora. E finivano per abbracciarsi stretti stretti.

Ogni giorno faceva la stessa domanda alla mamma: «Quando viene al mare nonno Manù?» chiedeva. Alma leggeva in lei lo stesso legame che aveva avuto con quello che un tempo era suo padre e adesso era il nonno di sua figlia. Alma pensava spesso a quella serata in cui le aveva raccontato il suo mestiere, quello dell'astronauta psichiatra che doveva spostare le nuvole dalle persone. Ci aveva provato a spostare anche le sue di nuvole, e anche se non era riuscito a farlo del tutto, le aveva inghiottite per lei, lasciando al cielo la possibilità di aprirsi a quelle stelle che tanto amava.

Emanuele stava costruendo i ricordi di Leyla come un ingegnere, senza lasciar niente al caso. I pezzi mancanti che non aveva potuto dare a sua figlia li aveva donati a Leyla. C'era una differenza importante fra Alma e Leyla, Alma aveva avuto una madre che l'aveva solo partorita, Leyla aveva avuto una madre che l'aveva cresciuta e da cui riceveva un amore smisurato, sincero, profondo. Leyla era una bambina entusiasta, pura, piena di energia positiva e amava giocare. Con il nonno parlava moltissimo e lo coinvolgeva in tutto quello che faceva.

«Nonno, lo sai che io ho una barca?»

«Certo che lo so, piccola mia».

«Lo sai che si chiama come me?»

«So anche questo».

«E lo sai che papà mi ha detto che posso ridipingere il nome perché è sbiadito dal sale? Ti va di farlo con me?»

Quella bambina riusciva a trasmettere un raro entusiasmo su tutto, aveva un'empatia che mangiava l'aria, che si inchinava pure lei davanti ai suoi sorrisi. Leyla era l'insieme di pezzi rotti di tutti noi che erano tornati interi, dentro di lei non c'erano buchi, macchie, spine. Era intatta, felice, libera. Non l'aveva scalfita ancora nessun dolore, si stava facendo forte, la sua vita era piena d'amore e lei non ne approfittava mai anche se poteva già sentirlo, come tutti i bambini, quando l'amore c'è e anche quando non c'è. Le sue radici erano robuste, ferme, e non erano dentro nessun vaso. Leyla aveva quel coraggio, lo aveva innato e ineluttabile. A volte aveva sette anni, altre quarantacinque. Sembrava una donna, sembrava sapere tutto.

Un giorno il nonno le fece il più bel regalo del mondo, così disse. E pianse dalla meraviglia. Sulla spiaggia davanti alla casa di Alma, all'alba di una giornata fredda, Leyla si affacciò dall'oblò della sua stanza rotonda e strabuzzò gli occhi. Era un sogno – pensò – non era possibile!

Ma l'impossibile era solo possibile con nonno Manù, che aveva deciso di farle trovare sulla spiaggia, davanti al mare, un pianoforte con un fiocco rosso sopra. Era il suo compleanno, Leyla compiva sette anni e voleva fare la pianista, ma questo lo sapeva soltanto lui.

Per quello e per molto altro nonno Manù non si perdonò mai di aver lasciato Leyla da sola fuori scuola, e decise di fermarsi.

37
Il ring della memoria

«Me lo ripetevi sempre quando ero piccola, te lo ricordi?» diceva Alma mentre gli mostrava il tatuaggio.

'Non smettere mai di cercarlo', la scritta era leggermente sbiadita ma ancora chiara.

Emanuele guardava Alma con faccia interrogativa e stralunata, osservava la scritta sul braccio di sua figlia come fosse la prima volta che la vedeva. I suoi capelli erano ormai tutti bianchi, le sopracciglia spolverate ancora di nero corvino e il sorriso assente ricordava a malapena quello dell'uomo che era stato.

Portava ancora con eleganza le camicie stirate e i maglioni a girocollo colorati, un ragazzino con i capelli d'argento e gli occhi sempre fissi sul lago. Avevano deciso di portarlo lì, in quella grande casa settecentesca che somigliava a un hotel, dove infermieri gentili si prendevano cura delle persone che avevano perduto una parte della memoria. Lo avevamo capito quel giorno che aveva dimenticato di andare a prendere Leyla a scuola, anzi ce lo aveva confessato lui stesso, era troppo intelligente per non intuire che era successo qualcosa dentro di sé, che un pezzo della sua storia si era perso. Ci pregò di portarlo da qualcuno prima che quel pezzo diventasse una valanga.

Un giorno di quelli in cui cercavamo di consultare decine di medici tirò fuori dalla tasca un biglietto da visita. Sullo sfondo il disegno di una casa con giardino e un lago che abbracciava tutto il resto. Era spiegazzato, la carta era sgualcita e sopra c'era scritto un numero a penna, con la sua grafia.

«Dovete portarmi qui, nonna Alma mi ha assicurato che sono bravi. Lei è cresciuta lì, su quel lago. Ed è lì che è stata trovata quando ha deciso di morire».

Lo guardai allibita mentre Alma provava a tenermi ferma.

«Nonna Alma? Papà, ma che stai dicendo?» domandò mia zia, sgomenta.

Mentre cercavo di tenerla ferma sulla sedia, anche io lo guardai allibita.

Accennò un mezzo sorriso dentro cui si racchiudeva la consapevolezza di non avere più tempo.

«Ehi, non prendetemi per pazzo, sono ancora abbastanza lucido da decidere del mio futuro. Vi prego, non dovete preoccuparvi, sono stanco, solo stanco. Provo a mettere in ordine i ricordi e faccio fatica, e prima di non trovarli più ho bisogno di restare un po' solo. E non voglio che Leyla mi veda così, non voglio che riaccada quello che è accaduto. Fatemi portare la croce da solo stavolta».

Alma si rattristò, pensando che invece quella croce se l'era portata da solo sempre. Quella solitudine di padre abbandonato aveva sempre cercato di tenerla per sé. Occultava i suoi dolori davanti a noi, girava lo sguardo quando quello di Alma poggiava sul suo. Il suo dolore nonno Manù aveva sempre voluto tenerlo dentro, anche quando gli mancava Clara, anche quando era rimasto troppo solo per crescere sua figlia. Non chiedeva mai aiuto davvero, era fatto così, glielo imponeva il bene che ci voleva. Proprio per questo prese la sua decisione.

«Alma, guardami, sono tuo padre, so quello che faccio».

Li guardai e vidi tra di loro una scia d'amore potentissima, si somigliavano tanto, avevano le stesse mani, lo stesso modo di muovere le braccia, le stesse sopracciglia folte, lo stesso sorriso.

Nonno Manù stringeva tra le mani il suo elefantino azzurro, che sembrava guidarlo da qualche parte. Lo mostrò ad Alma e le disse che aveva lui, il suo portafortuna, e sarebbe andato tutto bene. Mio nonno riusciva a stemperare ogni situazione con l'ironia, anche quando si parlava di cose serie. Era un fattore ereditario anche quello.

Quel giorno mia zia chiuse gli occhi sul tempo passato, mi guardò e mi disse che era arrivato il momento. Un momento che non avrebbe mai voluto vivere ma doveva lasciarlo andare, lo doveva a quel padre che le aveva insegnato la libertà, la misericordia, l'eternità dell'amore e dei legami. Come in cielo così in terra.

Arrivammo in taxi davanti a un cancello arrugginito dietro cui si celava un giardino di rose. Nonno Manù aveva portato con sé una valigia piccola piccola, dentro cui aveva infilato la sua musica, le sue opere, qualche poesia e i libri che aveva amato. In quel minuscolo spazio aveva stipato i ricordi che continuavano ancora a solleticare le sue emozioni: il primo bacio di Clara, la nascita delle sue figlie, la tenerezza di Leyla, la casa dov'era cresciuto e che i suoi genitori non vollero lasciare mai. Il riscatto da una vita difficile, gli studi intensi che gli avevano fatto conoscere i territori ignoti della psiche. E adesso la sua testa cominciava a zoppicare, e sembrava beffarsi proprio di lui, che ne aveva curate tante.

Prima di aprire la portiera dell'auto strinse forte la mano di Alma e poggiò il viso sulla sua spalla. «Porterò con me anche il tuo odore di vaniglia» disse, «ha invaso la mia anima come l'hai invasa tu». Parlava a voce bassa ma io sentii ugualmente. «Ho diversi amici malridotti come me, sono tutti qui, sai, ce lo siamo promesso in tanti che ci saremmo ritrovati».

Alma si sforzò di trattenere la commozione anche se sentiva che il suo cuore stava andando in pezzi. E io feci altrettanto perché non sopportavo di vederla soffrire così.

«C'è anche Angelo, te lo ricordi? Il tuo ginecologo. Avevi quattordici anni e non ci volevi andare».

Lei non fece in tempo a rispondere che suo padre era già sceso dalla macchina. Scendemmo anche noi, chiedendo al tassista di aspettare qualche minuto.

Nonno Manù si girò verso di noi, alzò il braccio in un cenno di saluto e sorrise. Leggemmo le sue labbra che pronunciavano sottovoce «Starò bene». Poi guardò Alma e le disse di essere forte, per Leyla, per quella bambina stramba che lo aveva fatto tanto divertire. Tirò un bacio, come faceva quando era bambina, e lei lo afferrò al volo con una mano mentre portava l'altra sul suo cuore. Poi la vidi poggiarsi con la schiena al taxi, con il suo broncio sulle labbra e qualche nuova ruga sottile che si affacciava a segnare quel distacco.

Vedemmo di spalle nonno Manù, camminava fiero e deciso. Per tutta la vita era stato roccia e montagna, forte e generoso. La sua schiena non si era incurvata nonostante gli anni, i dolori, la solitudine. Adesso voleva solo riposare e perdersi dentro la sua storia, cercando i pezzi mancanti, tenendoli in ordine finché avrebbe avuto vita. Scelse il lago, per i suoi confini, porto sicuro di radici che aveva conosciuto e che amava. Aveva navigato a lungo senza appigli certi e adesso era arrivato il momento di fermarsi.

Al lago nonno Manù ci andava spesso da bambino con i genitori. La mamma preparava sempre il pranzo. Sentiva ancora l'odore della carta stagnola che avvolgeva i panini con la frittata e la pasta al forno. Una sdraietta di legno sottobraccio, un pallone di carta e il gioco di rubabandiera.

Quando si diventa vecchi l'infanzia ti viene a cercare, torna tutta insieme e ti dice che il tempo non ha più tempo. Era successo anche a Manù. Tornarono i volti dei vecchi che vedeva da bambino, tornarono i profumi delle case di quelle persone, le loro parole, la voce del prete che gli dava l'ostia e faceva prediche infinite, la lacca per capelli che metteva sua madre, il dopobarba alla menta del padre, la stufa bollente all'ingresso intorno alla quale si conversava, si parlava della scuola, della guerra, della magia di nonna Alma, morta sotto un albero.

Emanuele era stato un ragazzino con gli occhi vispi e le spalle larghe, un carattere pacato e timido. Lasciava tracce ovunque anche quando non c'era. Varcò quel cancello con la dignità che lo aveva sempre caratterizzato. La stessa che non aveva mai perduto, nemmeno con Clara.

Al di là di quel cancello sentì una mano posarsi sulle sue spalle. Percepì una vibrazione quando gli cadde dalle mani l'elefantino azzurro, ma lui non se ne accorse. L'infermiera che lo stava accompagnando lo chiamò per ridarglielo, era caldissimo e sembrava guardarlo.

All'improvviso sentì l'odore familiare della spiaggia

dolce, una folata di vento alzò i suoi capelli, aveva voglia di guardare il tramonto fermo del lago, di sentire gli schiamazzi degli amici con cui era cresciuto.

Non si voltò più verso di noi.

Fece una rampa di scale strette per arrivare al terzo piano di quella villetta. La valigia stretta tra le mani, le dita rugose la tenevano come si tiene la mano di un bambino.

Prese possesso della sua stanzetta, affacciata su una quercia smagrita e storta. Cercò il suo elefantino e lo mise accanto al letto, quell'oggetto gli apparteneva più di quanto avesse mai pensato. Si affacciò alla finestra e vide un'ombra tra l'erba che sembrava salutarlo. Una folata di vento alzò le foglie appassite e il terreno parve schiacciarsi sotto passi silenziosi. Non gli diede molto peso, ormai la sua testa gli giocava brutti scherzi e fece finta di niente.

Cominciò a piovere ma il lago era immobile. Le gocce bucavano uno specchio che rifletteva un sole pallido. Tirò fuori il suo giradischi portatile e mise su il suo disco di sempre, il coro di *Madama Butterfly* lo portò via da quel presente.

Pianse, finalmente pianse.

38
Quando si smette di essere figli?

Il ritorno in taxi lo facemmo in silenzio. Mute noi e il tassista. La radio in sottofondo suonava musica classica.

Presi la mano di mia zia, era fredda. Sentii la sua stretta farsi più forte, mentre il cielo buttava giù una pioggia di gocce rotonde e pesanti. Ci lasciammo il lago alle spalle, davanti a noi la grande città stava per inghiottirci. Alma aveva lo sguardo fisso sulla strada, il suo profilo perfetto la faceva sembrare una statua di marmo. Era seduta da un lato, accucciata come una bambina, per il freddo che era calato dentro di lei come una lama a tagliarla in due.

Dietro ad Alma adesso non c'era più nessuno, accanto a lei c'erano Leyla e Tommaso e c'ero io, ma non sarebbe mai stata la stessa cosa.

Non si smette mai di essere figli, soprattutto se chi ti ha cresciuto è stato il nostro razzo verso il cielo. E per quanto i nostri genitori facciano errori, inciampino, ci facciano del male, non vogliamo mai smettere di essere figli. Perché poi davanti a noi non c'è più nessuno che ci dica dove andare, che sia un consiglio o un obbligo, morale o immorale, loro camminano davanti a noi a illustrarci paesaggi che già conoscono. E che ti piacciano o no, provi a sbirciarli e magari a cambiarli, come ho fatto io con mia madre.

Per tutta la vita ho provato a scansarla da me, con i suoi denti non mollava la presa della mia esistenza. Solo tanto tempo dopo ho capito che quella presa era l'unica cosa che la faceva sopravvivere. Ogni legame ha una sua storia, per quanto guasto sia.

Ma Alma era la storia di suo padre, e suo padre la sua. Si aggiustavano a vicenda, mentre riavvitavano bulloni allentati e spostavano i meccanismi perversi di una donna che non c'era mai stata a fare da moglie e madre.

La lacrima trasparente che invadeva il viso di Alma toccò la mia mano, lei si girò verso di me e mi sorrise.

«Adesso starà ascoltando la sua musica, ne sono sicura» disse con voce rotta. «Quanti dischi gli ho regalato nella mia vita! Li ha tutti nella valigia, li ho visti. Si è portato dietro persino un giradischi, uno di quelli portatili da mercatino dell'usato. Lo abbiamo comprato insieme, gli piaceva tanto anche se è tutto ammaccato...»

Provai a rompere il silenzio anch'io.

«Zia, starà bene, ce lo ha chiesto lui di portarlo in quel posto, no?»

«Lo so» rispose, «è sempre stato un grande testardo, sapeva fin dall'inizio che prima o poi sarebbe andato a vivere lì. Quando ero piccola mi parlava sempre di quel lago. 'Voglio morire lì' diceva. Ma sai com'è fatto, non si capisce mai quando scherza. Io invece lo sapevo. Non ha mai scherzato su certe cose. Doveva andare così, chi siamo noi per decidere diversamente...»

Aveva le guance arrossate e la mano si era fatta calda. Continuò a parlare come un fiume in piena.

«Sarebbe bello se si potessero ricordare solo le cose che abbiamo amato, Sveva. Ci pensi? Impiantarsi un chip in testa che elimini i fotogrammi brutti e ci lasci solo quelli piacevoli. Il nonno sta provando a fare una selezione, per questo l'ho lasciato andare. È una cosa che deve fare da solo, glielo devo».

Parlava con me ma soprattutto con se stessa.

«Il mio ginecologo, Angelo, era il suo migliore amico. Un compagno di bisbocce fedele. Veniva spesso a cena da noi, all'inizio mi vergognavo… insomma, puoi immaginare, perché poi ho cominciato a chiamarlo 'zio Angelo'. Mi leggeva le poesie, le amava più di ogni altra cosa. Mi ha dato la prima pillola della mia vita e il primo libro di Bukowski. Non lo dimenticherò mai».

Pensai a mio nonno in quella casa sul lago con Angelo a farsi compagnia e mi sentii sollevata. «Chissà cosa si racconteranno quei due» commentai.

Alma mi guardò. «Angelo è morto parecchi anni fa, in un incidente stradale. Morto sul colpo, non ha sofferto».

Rimasi attonita.

«Non guardarmi così» disse allargando le braccia. «Papà ha già iniziato a selezionare i suoi ricordi più belli. Stanno tornando da lui le persone che gli hanno voluto bene, e se vuole Angelo accanto a lui, lo avrà, e si sentirà meglio. Costituiranno insieme un'associazione di poeti, ascolteranno musica e leggeranno libri ad alta voce. Magari, chissà, lui e Angelo si incontreranno davvero, ci penserà la nonna Alma ad aiutarli, ne sono certa, e quando andrò a trovarlo me lo racconterà».

Alma che non aveva paura della morte ma dei medici, Alma che credeva che qualcuno ci aspettava dall'altra parte, Alma che sapeva ricostruirsi in pochi minuti. Alma che mi disse che nonno Malù era in buone mani. Aveva il suo elefantino, il suo angelo e la sua musica. I ricordi sarebbero andati a cercarlo e lui avrebbe aperto la porta solo a quelli migliori.

39
Tutti giù per terra

«Sicuro di volerlo fare?»

«Sono sicuro. Leyla ha bisogno di staccare un po'. Io e la piccola ce la caveremo».

Tommaso aveva compreso che Alma aveva bisogno di stare un po' da sola. Il distacco dal padre l'aveva resa più fragile.

Un dolore troppo grande da spiegare a una bambina. Alma non era pronta e lui lo aveva capito senza bisogno di sentirselo dire. I loro codici Morse avevano ricominciato ad ascoltarsi.

Erano passati alcuni mesi da quando nonno Manù era andato a vivere sul lago. Andavamo spesso a trovarlo. Era allegro, sereno, e con una memoria tutta sua. Chiedeva sempre di Leyla, e qualche volta portavamo anche lei. «Il nonno ha una casa sull'acqua come quelle delle favole» diceva con sguardo sognante. «È come il cappellaio matto di Alice. Ogni tanto dimentica le cose ma è divertente».

I bambini non vivono le malattie come i grandi; tentano, loro malgrado, di scrivere un'altra storia, e non vogliono arrivare al finale. Sentono tutto, ma sono bravissimi a far finta di no. In cuor loro sono coscienti di ogni singolo avvenimento e, quando hanno l'età giusta, non ci cascano più.

«Se nonno è un po' svampito è colpa di una pozione» diceva, «ma a me piace anche così». Ma mentre pronunciava queste parole i suoi occhi rivelavano altro, una saggezza intrappolata in un corpo minuscolo che cercava di proteggere.

Sapevamo che Leyla era una di noi, una *stramba*, e che ce l'avrebbe fatta a trasformare il dolore in magia. Nella sua testa dava vita a tribù di personaggi rocamboleschi che affrontavano tutto come un'avventura. Gli animali erano sempre i protagonisti: gufi e civette, ma anche cani con le ali e api senza pungiglione. Scriveva le sue piccole favole su quadernini neri, dove parlavano gli alberi, il cielo, le mele rosse e le foglie secche. Leggeva i suoi racconti ad alta voce mentre componeva musica inventando note impossibili sul pianoforte che era stato di nonno Manù. Finché un giorno lui entrò persino in un suo racconto, l'unico umano in mezzo a una sfilza di creature dei boschi incantati. *Il medico matto* lo aveva intitolato.

«Lo dice Alice, mamma, i matti sono sempre i migliori».

«Sì, Leyla» rispondeva Alma, «lo sono. Lo sono sempre».

Il giorno che Tommaso e la bambina partirono, mia zia si sentì male. Un giramento di testa. «Non è niente, soltanto un calo di zuccheri» disse, «non preoccupatevi». Diede la colpa allo stress di quell'ultimo periodo. Le mancava suo padre, ma non lo disse neppure una volta. E molte altre cose non ci disse.

Quella mattina fece le trecce a sua figlia, legò gli elastici stretti e le infilò in tasca delle caramelle, di cui era golosissima.

Preparò la valigia di Leyla e ci infilò i costumini colorati, un binocolo, due fermagli a forma di farfalla e uno spartito. Il pianoforte rimase a casa, naturalmente, ma Tommaso le aveva regalato una pianola portatile e al momento di partire lei lo ricattò dicendogli che doveva esercitarsi e suonare le sue composizioni. Lui si arrese e caricò in barca quella piccola tastiera con la complicità di Alma.

«Papà mi porta alla sua isola! È nato in un'isola bellissima, io lo so. Vado a cercare le sirene, mamma, magari cantano le canzoni che piacciono al nonno».

Leyla voleva rassicurare la madre, perciò la riempì di baci e di post-it con su scritto *Ti voglio bene.* Che esplosione di gentilezza e meraviglia era quella mia sorellastra. Cresceva ogni giorno di più e ci costringeva a fare i girotondi prima di lasciarci andare via. Tutti giù per terra e rimbalzava sulla sabbia a gambe all'aria con un sorriso che scatenava i nostri.

40
Il mare che restituisce

Non ci avevo mai pensato a me stessa madre. Avevo visto fallire la mia, e una figlia era l'ultimo dei miei pensieri. Mi trasferii da Alma per alcuni giorni, avevo voglia di vedere il mare, la primavera stava facendo spazio all'estate e mi sentivo piena di vigore.

Con lei la sera mettevamo in ordine i libri e parlavamo dei più recenti, ma poi finivamo sempre per buttarci a capofitto nelle favole, quelle vere, quelle che dicevano ancora la verità, prima che le versioni Disney indorassero la pillola e rendessero il 'vissero felici e contenti' l'unico finale possibile. Mia zia era un'appassionata e aveva un'ampia collezione di scritti originali che erano tutt'altra cosa. Nessuno sconto, le streghe erano cattivissime sul serio, la madre di Biancaneve era la vera madre e non la matrigna, non morì di parto ma più crebbe e più fu gelosa della figlia. Chiese al cacciatore di ucciderla per portarle il fegato e il polmone e poi cucinarseli con sale e pepe.

Quando mia zia mi fece conoscere questa versione della storia restai piuttosto traumatizzata. Il famoso bacio che risveglia la principessa andò a farsi fottere quando avevo dodici anni, grazie a lei. Tutte quelle sdolcinatezze che di solito venivano raccontate ai bambini, io non le avevo neppure conosciute. Non gliene fui grata in principio, ma era l'unico modo per farmi capire da subito che nessuno sarebbe arrivato a salvarmi, tantomeno un principe azzurro in sella al suo cavallo bianco.

Una sera tirò fuori uno dei suoi scritti, una sceneggiatura teatrale che aveva messo da parte tanto tempo prima. Un testo proprio sulle favole e sulla maternità, che non era quella cosa meravigliosa che dicevano tutti. O almeno non lo era all'inizio.

«Ma tu quando è nata Leyla eri felice, no?» le chiesi.

Lei sorseggiava la sua tisana calda e si pettinava i capelli liscissimi. Era poggiata sul divano, le gambe incrociate e lo smalto blu elettrico sui piedi che la faceva sembrare una ragazzina. Il vapore saliva dalla tazza e le velava il viso. La bocca soffiava mentre i suoi occhi cominciarono a guardarsi intorno.

Posò la tazza per terra e tirò un lungo sospiro. Mi rispose con calma.

«Vuoi la favola vera o la favola inventata?»

«Voglio la verità, sempre» risposi decisa.

Lei allora andò avanti: «Sai, quando rimani incinta non capisci subito cosa sta succedendo. Tutto quello che hai in testa è un miscuglio di pensieri indotti, impressioni nate attraverso altri racconti, che non sono i tuoi. Guardi il test di gravidanza e sai che dovresti sorridere se quella linea rossa arriva da un amore autentico, e allora ridi, perché così deve essere. Lo dici a te stessa, poi lo comunichi al tuo compagno e sorridi perché così ti hanno detto di fare, e in un certo senso quel sorriso lo percepisci e lo fai vedere. E così per nove mesi. Anche se hai paura, una fottutissima paura: paura di avere un figlio malato, o un figlio cattivo, o un figlio che semplicemente non ti piace. Tu sorridi. Anche sei hai paura che il tuo uomo cambierà, che cambierai tu e cambieranno le persone che ti stanno intorno. Paura del corpo che si sforma, si allarga, si riempie di acqua. Tu sorridi. Sorridi davanti al mondo, al ginecologo che ti fa la prima ecografia, sorridi nelle sale d'attesa delle mamme in gravidanza, che si guardano i pancioni e sorridono pure loro. I mesi non passano mai mentre cominci a immaginare tuo figlio. Inizi a guardare le vetrine dei negozi per neonati e a non vedere più niente che riguarda te. Smetti di fumare anche se le sigarette ti mancano da impazzire, smetti di bere vino e di farti le canne. Smetti anche di guardarti allo specchio, perché non ti piaci più. Io ho smesso di farlo, molte altre no, alcune madri fanno foto alle loro pance per esibirle, io la nascondevo sotto giganteschi vestiti, e nascondevo pure le sigarette».

Pensai a lei in quel periodo e fui invasa dalla tenerezza.

«Non siamo tutte uguali e questa è la mia unica verità, bestiolina mia, e molte madri non la diranno, non l'hanno mai detta. Per sopravvivere, perché così hanno insegnato loro. Si sono inventate un personaggio, quello della madre felice, felice solo perché sta diventando madre. Io non ho mai saputo recitare, non sono un'attrice, vestire i panni della madre felice non ha mai fatto per me. Io sono stata una madre preoccupata, a volte molto triste e molto sola, ben prima del termine di quei nove mesi. Sono stata una figlia senza madre e non poteva che andare così».

Fece una breve pausa, prima di proseguire. Io non volevo interromperla. «Era la mia grande paura, di diventare come lei, anche se in quel periodo non ho mai formulato questo pensiero in maniera tanto netta. Quando sei incinta ti si allarga il cervello, oltre che il corpo, i pensieri diventano mollichine velenose e tossiche, un ammasso oscuro che ti stringe la testa e non ti lascia respirare. Provi a ignorarlo perché tutti intorno a te sorridono, ti fanno le domande sul nome, ti definiscono la vita, ti illustrano il futuro solo perché sei incinta. 'Vedrai che sarà così' dicono, 'Vedrai che andrà benissimo', 'È una femmina, il padre impazzirà'. Ognuno ha la sua opinione precisa e tu li stai a sentire. Ma io no, io non avevo nessuna opinione. Avevo la testa incasinata, una giostra di emozioni indecifrabili, a volte bellissime, altre terrificanti. E più la pancia si gonfiava, più non mi riconoscevo. Parlavo solo con il nonno e con Dafne, con chi potevo farlo? Loro hanno sempre saputo la *mia* verità. Facevo fatica a fare tutto, persino a piegarmi per allacciarmi le scarpe, non dormivo, ero nevrotica e impaurita. Guardavo le altre madri, sempre allegre e beate, e mi sentivo a disagio, dalla parte sbagliata, inadatta e immeritevole di quella gravidanza.

«Un giorno Dafne venne da me e piansi tutta la notte tra le sue braccia. Lei aveva capito, mentre nessuno poteva farlo, nemmeno Tommaso. I figli sono delle madri, almeno all'inizio. E finii per comprendere anche il disagio di tua nonna Clara, anche se derivava da tutt'altro, insomma provai a giustificarla, lo avresti mai detto?»

Si fermò di colpo, la tisana si era fatta fredda. Alma mi guardava, mi accarezzò la testa, mi regalò un sorriso e riprese il racconto.

«Il giorno in cui nacque Leyla non ci capii granché. Ricordo solo il suo odore, che era quello del mio sangue e della mia placenta. Me la misero sotto al collo, tuo nonno era in sala parto e lo guardai interrogativa. Lui mi fece l'occhiolino e mi disse che era sana, che stava bene e aveva il mio stesso broncio. Ero troppo stanca e mi addormentai quasi subito al suono delle sue parole.

Quando sei arrivata tu in ospedale, ti ho guardata con occhi diversi, sai, mi sono chiesta se Leyla sarebbe stata come te. Ti fai domande stupide in certi momenti, ma una risposta ce l'ho avuta all'istante: avrei voluto farvi crescere insieme, come poi è stato. È incredibile quanto in quei primi istanti di vita di una figlia, cerchi di sistemare già il suo futuro. Metti in fila le persone che ami e che potrebbero amare anche lei. Ti sale su una strana paura, quella di non esserci per sempre. In quel momento decisi che sareste state come sorelle, era il mio regalo a me stessa, perché un po' di me era anche dentro di te e te ne ero già grata».

Strinsi forte mia zia e sentii il suo corpo caldo addosso a me. I suoi capelli odoravano di buono e la sua pelle continuava a essere la più liscia che avessi accarezzato. Mia zia era una donna autentica e mi aveva insegnato tutto, persino a fare la sorella.

Riprese a parlare: «Quando ho visto Leyla *davvero* è stato molto tempo dopo, sai? Non si diventa madri quando partorisci, ma quando tuo figlio cade per la prima volta da qualche parte, quando chiede il tuo aiuto, quando ti guarda e ti stringe le dita delle mani. Leyla era in mare con me, le stavo insegnando a nuotare ma lei andò giù, sott'acqua, per qualche secondo. In quel preciso istante ho capito che per salvarla avrei dato la mia vita, sarei affogata con lei se non ce l'avessi fatta. Non riuscivo a tirarla su, un'onda troppo grande l'aveva fatta girare velocemente staccando le mie mani dalle sue. Non la trovavo più e mi buttai giù senza prendere respiro, per cercarla in mezzo a quell'infinita distesa di mare, il cuore era fuori dal mio corpo e batteva così forte da sentirlo nelle tempie, poi la vidi, la afferrai con tutte le forze che avevo, non avevo più fiato. Le sfiorai il piede e tirai. La presi tra le mie braccia e risalii. Avevo gli occhi bruciati dal sale e non sentivo più il mio corpo. Guardai Leyla che aveva gli occhi chiusi e respirava a fatica, ma respirava. Quando li riaprì mi guardò fissa e pronunciò una parola: 'Mamma'. Allora capii. Capii che essere madre era molto diverso dal farlo. Capii che se fosse accaduto qualcosa a lei, io non sarei potuta sopravvivere. Capii quanto l'amavo in quel respiro che non avevamo più. Era diventata mia figlia e in quel momento io ero diventata sua madre».

Smise di parlare e il silenzio si impadronì di noi. Pensai alle cose che mi aveva detto e pensai a mia madre, mi chiesi quando lo fosse diventata, ma non mi venne in mente niente.

«Non ci credere quando ti diranno che sarà bellissimo, che essere madre è la cosa più bella del mondo. Non lo è, è la cosa più complicata, più dolorosa, più intensa che tu possa vivere. Ma non è mai facile, nemmeno per un momento. Ti salverà l'amore, anche se a volte mancherà, perché sarai stanca, perché rivorrai la vita di prima, la solitudine, l'indipendenza, la libertà. Il tuo corpo non sarà mai più lo stesso, tu non lo sarai. E dovrai cambiare, devi essere pronta farlo, se vuoi essere una buona madre. Se resti la stessa, qualcosa è andato storto».

Mi poggiai sul suo seno ascoltando quelle parole, fino a quando calò di nuovo il silenzio e finalmente mi addormentai avvolta dal suo odore di vaniglia.

La mattina dopo, Leyla sarebbe tornata a casa. Durante la loro assenza, Leyla e Tommaso facevano ad Alma una videochiamata. La piccola era felice e non finiva mai di raccontare le sue avventure. Passarono molto tempo insieme e il loro legame si fece sempre più stretto. Alma non era una madre egoista, sapeva che Leyla aveva bisogno anche del papà. Non era una gara a chi voleva più bene, Alma era generosa anche in quella distanza necessaria. «Tanto vicini, tanto lontani, è così» mi diceva «che si creano i legami fra le persone».

Quando tornò dalle vacanze Leyla era diventata un'altra. Ci venne incontro a nuoto, un pesciolino dai capelli scuri che nuotava come una sirena.

A quell'età i bambini crescono velocemente e Leyla era già una piccola donna. Amava giocare con tutti i cani della spiaggia, specialmente con quelli che non avevano un padrone.

Non aveva conosciuto Billo per un soffio. Quando guardava le sue foto diceva che era bellissimo.

«Lo era» rispondeva mia zia, «lo era».

41
Il distacco

Billo era morto un giorno senza avvisare nessuno. Aveva quasi diciotto anni, era diventato più magro di uno spillo ma aveva ancora lo sguardo vispo. Aveva avuto due ictus e camminava tutto storto, era buffo, impacciato, e si vergognava, eppure riusciva ancora a scodinzolare quando ci vedeva. Era un cane con una grande dignità.

Il suo musetto si era fatto bianco, sembrava lo avesse infilato in una ciotola di farina. Non vedeva più bene ma sentiva ancora tutto. Si faceva la pipì addosso e quando cominciò il declino era seduto spesso fuori sulla spiaggia a contemplare il mare. Alma lo prendeva tra le sue braccia e gli sussurrava parole dolci che lo rassicuravano: se ne stava andando e lo sapevano entrambi.

Quel mucchio di pelo ispido era pieno di ricordi per mia zia, era stato il suo cane e quando si cresce con un compagno così si sa come vanno certe cose. Voleva stare solo con lei anche se faceva le feste a tutti. Alma non ce l'avrebbe mai fatta a sopprimerlo, benché il veterinario le avesse detto che forse sarebbe stata la cosa migliore. Ma lei sapeva che se ne sarebbe andato quando sarebbe stato troppo stanco. Il suo compito era finito, perché è così che va con i cani. Ti scelgono e vengono da noi per un po' di tempo, per questo vivono così poco, loro non devono evolversi, noi sì. Ad Alma aveva dato tutto, così come Alma aveva dato a lui. Gliene era grata e lo sarebbe stata per l'eternità.

Quel cane era stata la sua prima forma di disobbedienza, la sua prima ribellione.

Se ne andò una mattina, in silenzio. Alma uscì sul patio che guardava il mare e vide la ciotola del cibo ancora piena. Lui era lì accanto, sdraiato su un fianco, sembrava dormire. Le zampe allungate, il muso a terra da un lato. Lo prese in braccio, era pesante, ancora caldo. Lo baciò sulla testa e schiacciò le sue zampe sulle dita delle mani. Pianse, pianse per ore, per giorni. Mentre annusava il suo odore di cane, sbatté contro il campanellino che aveva suonato per una vita. Glielo tolse, lo lasciò libero di tutto. Lo accarezzò a lungo e in ogni carezza c'era un momento passato insieme. E ne avevano passati così tanti che quelle carezze non riuscivano a finire più.

La casa diventò vuota tutto a un tratto, per mesi Alma sentì i passetti morbidi di quel cane lungo la casa. Sarebbero rimasti dentro di lei per sempre. Billo era stato più di un animale, era stato un compagno di vita, di lacrime e bellezza.

Prima o poi lo avrebbe rincontrato, ne era sicura.

Mia zia si arrotolò la pancia per giorni. Era scontrosa, muta, in attesa di una marea che non arrivava. Certi dolori sono troppo dentro di noi per poterli spiegare, sono ancore che bucano la pelle, che trapassano i fili dei nostri ricordi, li spezzano e fanno un rumore troppo forte per non sentirlo.

Io sentii il suo, lo percepivo nelle sue mani intrecciate che parevano in preghiera ma erano solo unite in pensieri storti e scalzi. Riempivo tazze di caffè che lasciavo nella sua stanza, che aveva uno strano odore. Anche il dolore profuma di cattivo, di muffa e di pianto. Il nostro sangue circola meno, si intoppa nei buchi delle nostre ossa, forma un lago che è stagno, fiori appassiti, fiori morti.

Tornarono i mostri dentro di lei, quelle ombre che oscuravano tutto e coprivano i suoi sorrisi che non ricordavo più. Provai a parlare con lei certe notti, ma sapevo che stava camminando a piedi nudi con gli aghi nei talloni. Aspettai, aspettai tanto tempo che tornasse da me. Non ci vedevamo da settimane, sapevo che dovevo lasciarla stare quando cadeva nelle sue piccole sfumature di solitudine. E rimasi al mio posto finché un giorno non mi chiamò e io mi precipitai da lei.

42
Il mare non è mai morto

Era seduta in riva al mare, con un bicchiere di vino in mano e una treccia lunghissima che spuntava alle sue spalle.

«Ehi zia, eccomi qui!»

Lei si girò di colpo.

«Mi hai spaventato» disse. «Oggi il mare sembra morto» aggiunse poi. Aveva il viso smagrito e pallido. Una strana espressione di assenza mista al suo solito sorriso che illuminava tutto.

Si mise le mani in tasca, affondandole nel vestito di lino. Mi porse un anello antico molto grande che non le avevo mai visto indossare. Lo stesso anello che indosso ancora, quando sento di non farcela; c'è qualcosa in quell'oggetto che mi ha sempre dato un'energia potentissima.

«E questo da che mercatino arriva?» chiesi.

Fece un piccolo sospiro.

«Era di nonna Alma» spiegò, «me lo diede tuo nonno quando ero bambina. L'ho sempre portato con me, c'è qualcosa in questo volto dipinto che mi ha sempre affascinato».

Guardai meglio e notai il viso di una donna, ma non capii chi fosse.

Glielo chiesi. Mi rispose che non ne aveva idea, ma notai qualcosa di strano in quel volto. Non era una donna, a ben vedere, era una bambina ed era molto arrabbiata, mentre dietro di lei sembravano muoversi altri volti felici. La bambina aveva le braccia incrociate e uno sguardo pieno di livore.

«Ma zia, questa è una bambina ed è incazzata nera» commentai, sorridendo.

Alma lo riprese tra le mani. «Forse è una bambina, sì, non lo sapremo mai, ma non è lei a essere arrabbiata, sono quelli dietro di lei a essere troppo felici».

«Cos'hai contro le persone felici?»

Cercai di buttarla sullo scherzo.

«Io niente» rispose seria, «lo sono stata anch'io e a tratti lo sono ancora. Ma le persone felici durano poco, mentre a me piace l'eternità».

«Niente è eterno» le feci notare, ma mentre lo dicevo mi sembrò una frase fatta, immeditata.

«Noi lo siamo. Ovunque finiamo, lo siamo. Lo è l'amore, bestiolina, soprattutto quello con le cicatrici. Guarda il mare quante ne ha, non è forse il più eterno di tutti, anche se a volte sembra morto come adesso?»

«Sì zia, ma il mare non ama. Non è una persona». Provavo a tenerle testa, in qualche modo, ma il mio era un tentativo affannato, lei invece sapeva esattamente cosa stava dicendo, doveva averci riflettuto a lungo.

«Tutto lo è, Sveva. Lo è il vento, lo sono gli alberi e le tempeste. Ci somigliamo tutti, siamo tutti spazi infiniti e rotondi, giriamo e ci uniamo, torniamo a unirci in qualche modo, da qualche parte».

Quando faceva così non la capivo, cominciava a volare via chissà dove e, mentre provavo a tirarla giù, sentivo che mi sfuggiva ancora di più.

«Indossa quell'anello quando sentirai di doverlo fare»

mi disse. «Quella bambina sei anche tu, ed è anche Leyla. Lo siamo tutti».

«Sai che non credo alle magie...»

Mi infilò l'anello e mi accarezzò la testa. «Non è una magia la vita, bestiolina? Un incantesimo perfetto. Sali sulla carrozza di Cenerentola finché potrai. Non deciderà nessuna fata per te, quando l'incantesimo si scioglierà lo deciderà solo la vita, quindi alza le chiappe e vattela a prendere».

Non capivo a cosa si riferisse, era più aggressiva del solito e cominciò a salirmi un'ansia inspiegabile.

«Sveva, ascoltami» continuò con un atteggiamento di rimprovero, «so benissimo che ti è arrivata una proposta importante, una messa in scena all'Opéra di Parigi».

Ma come faceva a saperlo? Chi gliel'aveva detto, se io stessa non l'avevo ancora detto a nessuno?

Rimasi attonita mentre lei diventava rossa in volto.

«Questa tua fissazione di non lasciare la tua casa, tua madre, anche se la detesti, tuo padre, che non è mai stato un padre... Lasciare Roma e i tuoi amici di sempre, le tue battaglie con il cibo, le tue mancanze...»

«Ma di cosa stai parlando?»

«Sto parlando dei tuoi sogni. Di quelli che hai congelato da un po', di quelli che bisogna avere il coraggio di vivere. Parlo di quelli che mica lo puoi sapere se si avverano, se non corri».

Mi stava rivoltando a testa in giù.

«Ti frega quella specie di nodo a te, ti fotte l'educazione a te. È ora che quelle ali le apri, che ti butti laddove non c'è rete, che smetti di lasciare tutto al destino. Io al destino ci credo eh, ma credo pure che ogni tanto il destino ti frega, ti abbaglia come un fuoco fatuo e devi cambiare strada, almeno provare a farlo».

Mi parlava a bassa voce, come fosse altrove, eppure era lì vicino a me mentre giocava con la sabbia tra le mani.

Parlava come un fiume in piena.

«Non puoi salvare mia sorella, tua madre, non puoi cambiare tuo padre. È impossibile, stanne certa. Ma se tu resti, saranno le tue stesse radici a farti andare sottoterra. Meglio respirare in apnea che non farlo affatto. Tu e la tua bella accademia, vicino alla tua casa, ai tuoi alibi, al tuo chitarrista».

«Zia, m-ma che dici?» cominciai a balbettare. «Io non posso andare a Parigi e mollare tutto. Ci sei anche tu qui, c'è Dafne, c'è Leyla. Io sto bene con voi, perché mi stai dicendo queste cose?»

La mia testa scoppiava, sentivo rimbombare le sue parole mentre mi tremavano le gambe.

«Perché io non ci sarò per sempre e tu devi costruirti un tuo 'per sempre'. Manda a farsi fottere la paura, la tua insicurezza, guardala e sputale in faccia, se necessario. Devi vivere, Sveva, non lo stai facendo anche se forse ti sembra di sì. Stai vivendo le vite degli altri, la mia, quella di tua madre che continui a perdonare, e mentre la perdoni non perdoni te stessa. Ed è così che la odi ma non vuoi ammetterlo. Cerchi ancora tuo padre, non c'è mai stato e non ci sarà. Chi ti ama resterà comunque, io resterò accanto a te ogni singolo giorno della tua vita e se la vivrai davvero io ci sarò ancora di più. Ma adesso te ne devi andare, devi lasciarli quei dolori che ti fanno solo galleggiare in un mare di rimpianti. E sai cosa ti dico? Sei schiava di una famiglia che non ti ha mai voluto, che ti ha semmai tollerato. E se tua madre ha deciso di uccidersi con l'alcol non è colpa tua, se tuo padre ha deciso di non amarla non è colpa tua. Hai preso i loro peccati e hai cercato di redimerli, ma non funziona così. Ognuno ha i suoi. Pecca anche tu, per Dio, fallo, ma non addossarti fardelli che non ti spettano. Hai messo in scena uno spettacolo fuori dal palcoscenico e non sai più qual è la vera Sveva, cosa vuole davvero, per che cosa lotta».

Si fermò, sembrava stremata per aver tirato fuori tutto quel male.

Cominciai a piangere mentre cercavo un suo abbraccio che non arrivò.

Di colpo cadde il silenzio e il mare era l'unico rumore che sentivo.

«Te ne devi andare, Sveva» disse dopo qualche minuto, «e non ti devi voltare. Trova il senso e vattelo a prendere. Te li puoi mangiare tutti là fuori, ti puoi masticare le loro miserie, lo puoi fare, ma ti devi fidare di te. Sei diversa dal resto del mondo, come lo sono stata io, e devi capire prima possibile che è molto meglio così».

Avevo le gambe pietrificate, Alma non riusciva a guardarmi negli occhi mentre diceva tutto questo, era addolorata ma decisa e composta.

Me ne andai sbattendo i piedi sulla sabbia. Camminai zoppicando, ero spaccata in due. Mia zia sembrava un'altra persona, non mi aveva mai trattato in quel modo e non riuscivo a sopportarlo. Volevo stringerla ma nel mio corpo facevo a botte con le sue parole.

Arrivai alla macchina con il fiatone, mi voltai verso la sua casa e la vidi in controluce, il vento muoveva i suoi capelli e quell'immagine diede inizio alla muta della mia pelle.

Sapevo che Alma stava dicendo la verità ma non riuscii ad ammetterlo. Spinsi sull'acceleratore e cominciai a correre lungo il mare, era buio pesto e vedevo poco, le lacrime appannavano la vista e una pioggia sottile cominciò a battere sui finestrini, avevo freddo. Accostai sul ciglio della strada, non riuscivo a guidare e piansi, urlai e piansi.

Intorno a me le bestie cominciarono a mordermi la carne. La violenza di Alma mi aveva tolto i vestiti, mi aveva scartavetrato l'anima e adesso sentivo tutto insieme un dolore che avevo tenuto dentro per anni.

Mi addormentai in macchina.

Mi svegliò un signore dallo sguardo buono e preoccupato. Sentii un rumore strano, era il belare delle pecore. Quel pastore stava facendo attraversare la strada a un gregge tenuto compatto da due cani maremmani.

Bussò sul mio finestrino.

«Tutto bene, signorina? Si è persa? Ho trovato questo anello per terra, è suo?»

Risposi a monosillabi, rassicurandolo. Presi l'anello e mi voltai. Vidi una gigantesca macchia bianca che passava davanti a me in fila ordinata. Poi mi girai dall'altra parte e vidi il mare. Aprii la macchina e mi tolsi i jeans, mi lasciai addosso una maglietta blu e mi legai i capelli. Mi tolsi anche le scarpe e corsi più veloce che potevo. Mi infilai al dito l'anello di mia zia.

Il mare era vicino e attraversai la sabbia lasciando orme profonde e polverose.

Provai a cercare le cicatrici di quel mare ma non le vidi, ma vidi le mie e un tuffo maldestro mi prese di soppiatto. Ero sempre stata un casino con i tuffi, invidiavo Alma, che riusciva a essere armonica pure nei mari in tempesta.

Restai sott'acqua per un tempo che mi sembrò infinito. Sentii il sale, il bruciore negli occhi e una strana forma di libertà.

Urlai ad alta voce, con tutta la rabbia che avevo dentro, e mi sembrò di vedere fantasmi e draghi uscire da me, ma erano solo onde o forse erano solo i miei sogni.

E il mare davanti a me prese vita.

43
Il coraggio della lontananza

Certi fondali sono troppo scuri e riparati dalla luce. Alma quella luce me l'aveva puntata addosso e mi costrinse a guardare me stessa. Guardai bene dentro di me. Mi ero fermata, sentivo che dovevo farlo.

Dormii tutto il tempo, mentre il telefono squillava. Era mia madre che chissà cosa voleva, dovevo esaudire qualche suo capriccio ma non risposi, per la prima volta non le risposi.

Misi in ordine i pensieri e i miei vestiti, le decine di fotografie collezionate negli anni, scattate da Alma, e ricostruii il mio puzzle di sogni.

Passai giorni dentro casa a fare ordine. Ogni tanto Alma mi mandava foto di Leyla e i suoi vocali.

Non parlammo più del nostro discorso in riva al mare, l'avevo perdonata perché mi aveva dato colpe che avevo e lei quelle colpe le aveva fatte scomparire con le foto dei sorrisi di Leyla. Indossavo il suo anello, era pesante come un macigno, sulle mie dita e sul mio cuore, ma lasciava tesa la corda e andava bene così.

In accademia chiedevano di me ma per un po' avevo deciso di non andare a lezione. Il maestro aveva capito che stavo cambiando pelle. Aveva saputo di quell'offerta di Parigi. Avevo ricevuto una mail anche da lui, dove mi scriveva soltanto che qualunque cosa avessi deciso, loro mi avrebbero accolto comunque.

Alla fine del suo messaggio c'erano scritte le seguenti parole:

Conosco tua zia da una vita, è brava a dire la verità, soprattutto quando fa male.
Fidati di te e di lei.
Con affetto, il tuo maestro,
Oreste

Oreste era un uomo buono. Da bambino lavorava dietro le quinte con il padre, un teatrante ubriacone ma bravissimo. Crebbe senza madre, tollerando attricette improvvisate che finivano tutte a letto con quell'uomo.

Era sposato da venticinque anni con la stessa donna, una costumista in pensione che continuava a cucire i vestiti per le grandi attrici di un tempo. Oreste stava invecchiando bene. Aveva un'ironia incredibile e una voce da doppiatore. Vestiva sempre di bianco, somigliava a un santone indiano con la barba lunga. Era completamente pazzo in mezzo a un mondo di normali, per quello mi piaceva.

Aveva visto ogni messa in scena possibile, scriveva commedie e poesie ma le teneva tutte in un cassetto. Detestava i narcisi. «Tutti gli attori lo sono, quelli bravi il loro narcisismo lo mettono in scena» mi diceva sempre.

Io ne conoscevo uno di narcisista patologico, ma non era un attore, era mio padre, e quel narcisismo sapeva metterlo solo nella vita reale.

Detestavo tutto di lui, la sua grammatica volgare, la sua voce alta, il suo modo di fare il nodo alla cravatta, spesso e grosso. Detestavo le sue mani troppo piccole e il suo modo di mangiare. Lo detestavo quando guardava mia madre con disprezzo, ridotta a donna oggetto buona solo per cucinare e fare figli. Detestavo le sue assenze, i suoi rimproveri gratuiti e distruttivi, e detestavo mia madre che si era abituata a lui e a tutto quello che era.

Lei diluiva in bicchieri stracolmi di whisky il suo dolore muto e chiamava me per tenere legata a sé una figlia a cui aveva spezzato i sogni e le ambizioni.

Da ragazzina vomitavo il cibo mentre lei ancora doveva finire di mettere in tavola la cena. Tornavo dal bagno con le occhiaie e il volto arrossato e lei mi metteva altro cibo nel piatto. «Abbuffati, figlia mia, tanto tu sei fortunata, non ingrassi» diceva.

Metteva le mani davanti agli occhi per nascondersi, come fanno i bambini: io non ti vedo, tu mi vedi?

Lei sapeva, loro sapevano. Mio padre era troppo impegnato a nascondere le sue bugie per prendersi cura di sua figlia, mia madre non era abbastanza forte per fermarmi. Un teatro di odio in cui ero vissuta per troppo tempo ma che non so come riuscivo a tollerare fino a che il mio stomaco non diventava duro e vuoto. Poi però c'era Alma, il mio gancio nel cielo, a stringere le mie braccia e a darmi quell'amore che ogni ragazzina con problemi di cibo cerca nella sua famiglia. Ma io non avevo famiglia né amore, quell'amore che chiedevo ogni giorno anche se ero fuggita di casa.

Aveva ragione Alma, mi ero presa colpe che non avevo e non meritavo, ma ci sono voluti anni per capire che non ero io quella sbagliata, erano loro, erano le loro vite piene di rimorsi e io a fare da specchio ai loro peggiori fallimenti. Uno specchio pieno di tagli che non riuscivo più a guardare e dove vedevo soltanto delle me distorte che erano bugie.

Erano quasi le sette di sera e tornavo verso casa mia. Il ponte di ferro era rosso mentre lo attraversavo dopo essermi fatta un'ora di corsa sul Tevere.

Ero stanca e affamata. Aprii la doccia per scaldarmi e provare a rilassarmi. Misi un po' di musica e, come sempre mi accadeva sotto un getto di acqua calda bollente, cominciai a pensare alla mia vita, a quello che volevo e a ciò che mi impediva di volerlo davvero.

Presi un po' di coraggio fra le mani, mentre cadeva lo shampoo dai miei capelli cadevano le mie paure e riprendevo in mano certi sogni. Chiusi gli occhi mentre il getto della doccia lavava via i dubbi, i pensieri inquinati, i miei 'nodi', come diceva Alma.

Mi asciugai, presi la mia borsa e infilai un paio di jeans. Presi l'anello di mia zia e corsi verso la casa dove ero stata bambina e che mio padre aveva trasformato in studio privato. Sapevo che ogni giovedì era lì fino a tardi, a visitare i suoi pazienti. Volevo incontrare qualcuno che conoscevo bene per tagliare in due la radice di un male che non sentivo più di meritare. Meglio in apnea. Sì zia, avevi ragione, ero pronta a trattenere il fiato e a respirare a modo mio.

Vidi una luce accesa, era il suo studio. Alzai gli occhi e intravidi la sua ombra muoversi. Presi le chiavi dalle mie tasche, non volevo citofonare.

Le chiavi del suo studio erano attaccate a quelle della mia vecchia casa. Mia madre ne aveva fatta una copia e ogni tanto andava a fargli una sorpresa, fin quando una delle sorprese diventò l'inizio della loro fine. Non seppi mai davvero cosa successe, ma da quel giorno mia madre cominciò a bere così tanto che dimenticò.

Da allora le chiavi rimasero attaccate a un portachiavi a forma di ciak e nessuno le usò più.

Non avevo paura di sorprenderlo a letto con qualcun'altra, non era quello che volevo trovare e sinceramente me ne importava poco.

Salii al terzo piano di un condominio scuro, fatto di boiserie costose e antiche, un cancello a doppia mandata e un odore di palazzo da ricchi. Il giardino era perfetto, con siepi tagliate al millimetro e un gatto panciuto di tutti e di nessuno. Panchine dipinte di fresco per farci stare i vecchi signori in pensione che vivevano lì da decenni. I campanelli dorati a ogni piano, scritti in grassetto c'erano nomi altisonanti di avvocati e notai, dottori e commercialisti, studi medici e associati.

Non conoscevo nessuno lì dentro, anime di passaggio, a concludere contratti e divorzi, a firmare rogiti e auscultare battiti cardiaci. 'Conti fino a dieci, signora, respiri, trattenga'. Tentativi di salvare vite già morte. 'Quanto pesa, signora? Ora le prescrivo anfetamine e succhi di frutta'. Illegalmente magre e in forma, come ci chiede questo mondo.

Sapevo bene cosa volesse dire la parola 'dieta', ma per noi malati di cibo aveva tutto un altro significato.

I miei genitori mi avevano portato da decine di dietologi quando ero adolescente, solo che sbagliavano specializzazione, io cercavo un sostegno psicologico, la terapia che dovevo seguire era un'altra, ma lo avevo capito da sola, loro no, non mi guardavano abbastanza, troppo occupati a distruggersi la vita reciprocamente, non c'era spazio per altri dolori, figurarsi per il mio.

Il portiere era sempre chiuso nel suo gabbiotto puzzolente di minestrone e patate, a smistare pacchetti e raccomandate, a spettegolare sulle amanti di passaggio e i signori in doppiopetto, a sperare nelle mance di Natale e a intascare ogni tanto una rivista in abbonamento.

Si chiamava Tito, aveva l'alito cattivo, mani piccole e unghie troppo lunghe. Era finito lì perché aveva coperto i tradimenti di un grosso avvocato di Napoli. Lo aveva ricattato in cambio di un posto di lavoro. Un piccolo uomo dalle ascelle puzzolenti e la dignità di un criceto. Un signore degno di fare il portiere a uno come mio padre e a quelli come lui.

Entrai nel suo studio di soppiatto, senza bussare. Mi fermai in corridoio e sentii il frusciare del suo impermeabile, stava per andarsene ed era solo.

«Papà!» lo chiamai.

Lui mi guardò impaurito e sorpreso. Aveva l'ombrello in mano e stava riempiendo la borsa di scartoffie.

La luce fievole della lampada lo illuminava appena, lo vidi vecchio, improvvisamente vecchio.

«Sveva, che diavolo ci fai qui, non si usa bussare?»

Sorrisi fiera e gli dissi: «Avevi paura che fosse la mamma? Magari ti avrebbe beccato un'altra volta con qualche signorina perbene che viene qui ad allietarti le giornate».

Posò la borsa sulla scrivania e restò con l'ombrello in mano.

«Che c'è, Sveva, vuoi litigare? Sei venuta per questo?»

Il labbro tremava un po' e il suo corpo stava cedendo a qualche scatto di rabbia che stava per arrivare, ma sapevo che non poteva alzare la voce, era benvisto lì dentro, 'il dottore del terzo piano', 'il cardiologo che cura i cuori dei borghesi', anche quelli che hanno il cuore sporco, soprattutto quelli.

Continuò a farmi una serie di domande inutili per dissimulare l'imbarazzo, non ero sola in una stanza con mio padre da non so quanto tempo, forse avevo quattro anni e non ne sono nemmeno troppo sicura.

«Che cosa vuoi, allora, si può sapere? Parla, è successo qualcosa alla mamma?»

Accennai un sorriso. «Quando mai ti sei preoccupato di lei? Quando mai ti sei preoccupato di me?»

Rimase immobile con la piccola luce che tagliava le sue guance cadenti. Gli occhi seguivano la mia traiettoria ma non riuscivano a seguire le mie parole.

«Non voglio niente, papà, non ho mai preteso niente da te e adesso è troppo tardi per qualunque cosa. Sono cresciuta da sola, con te a fare finta di lavorare mentre ti scopavi infermiere che ti hanno fottuto per fare carriera, o signore annoiate vestite di visone. Sono cresciuta in mezzo a due genitori che si sono fatti la guerra tutta la vita e che non hanno mai avuto il coraggio di lasciarsi, né di dirsi la verità. Sono cresciuta su una montagna di bugie e ipocrisie che avete costruito voi pezzo per pezzo. Non sono affogata grazie ad Alma, che ha provato anche con sua sorella, con tua moglie, con mia madre. Ci ha provato ad aprirle gli occhi, ma tu eri troppo bravo a mentire, a farla sentire una principessa dentro la torre d'avorio, a farti perdonare con nuove promesse mancate».

Ripresi fiato e continuai.

«Eri bravo ad accontentarla, a regalarle gioielli e viaggi a cinque stelle, a darle la sua quotidianità infinitamente piccola, fatta di silenzi e scatole impacchettate con gioielli che scambiavi per le tue ignobili libertà».

Sentivo la rabbia mangiarmi dentro e più parlavo più mi sentivo meglio.

«Quanti convegni ti sei inventato!? Quante conferenze, visite notturne inesistenti, partenze improvvise per attacchi cardiaci mai avvenuti? Quante volte papà? Quante volte hai preso in giro la mamma, hai preso in giro me, i figli che non hai voluto avere e che hai fatto uccidere?»

Lui fece per interrompermi ma io lo fermai.

«Sei un medico e non ti sei mai accorto che avevi una figlia anoressica e poi bulimica e di nuovo anoressica, una moglie che puzzava di alcol appena sveglia... Quante cose hai voluto ignorare, papà? Quante battaglie hai combattuto da solo, pensando di essere il più forte? Ti sei mai chiesto perché? Eh, guardami, te lo sei mai chiesto?»

Sgomento, aveva gli occhi spalancati e terrorizzati. Stavo parlando per me e per quella madre inutile e debole che avevo avuto.

«Perché quando tornavi a casa nessuno ti accoglieva davvero? Perché quando sei stato male io non sono venuta a trovarti, te lo sei mai chiesto? Stai diventando vecchio, e guardati in giro, dove sono adesso tutte le tue amanti, le calze a rete e le giarrettiere? Dove sono, eh? Non le vedo quelle femminucce disposte a tutto, non ti scelgono più? Ci sono dottori più giovani ora, tu invece stai perdendo i capelli, le mani rugose non accarezzano più come una volta. Hai messo su la pancia, il tuo odore sa di sconfitte, sei andato a male. Sei solo, papà, sei rimasto solo come un cane. Come hai fatto a sopravvivere senza voler mai bene davvero a nessuno?»

Sentii l'ascensore aprirsi e restai immobile. Lui guardò la porta e fece per andarsene quando lo fermai. Mi misi davanti a lui e lo guardai dritto negli occhi, come non avevo fatto mai, erano del mio stesso colore.

«È una famiglia quella che hai fatto? Pensi davvero di aver avuto una famiglia? Ma che cos'è una famiglia per te, papà?»

Mio padre provava a interrompermi senza riuscirci e il mio veleno stava uscendo dalla mia pancia gonfia da anni di parole non dette.

«Rispondimi, dai» continuai, «cos'è una famiglia per

te? Essere un chirurgo con moglie, figlia e casa nella Roma dei quartieri borghesi? Una vacanza tutto compreso e le terme in primavera? È questa la tua famiglia? Allontanarmi dallo schifo in cui sono cresciuta, pensi sia stato facile per me? Lo vuoi sapere? Non lo è stato, non lo è stato mai, mi sei mancato cazzo, ho cercato te in tutti gli uomini che ho conosciuto ma non ti ho mai trovato, e lo sai perché? Perché io non ti ho mai avuto, non si può cercare qualcosa che non si ha. Puoi perdere un braccio e cercarlo, puoi perdere una mano e cercarla, ma io non ti ho più cercato quando ho capito che non sei mai esistito dentro di me. E adesso che sei diventato un vecchio signore stanco, che cammina a passi lenti e appesantiti, forse ti vedo. Vedo un signore solo, che non ha seminato niente se non odio, rimorsi, responsabilità che non ti sei mai preso. E sai cosa? Tu non eri degno, non eri degno di me, non eri degno di una famiglia. Sei l'uomo più egoista ed egocentrico che abbia mai conosciuto, hai fatto in mille pezzi mia madre, hai scelto la preda più debole e te la sei mangiata. Ci stavi riuscendo anche con me, ma io sono più forte di lei, di tutti voi, e non siete stati voi ad avermi salvato».

Avevo il fiato corto e le gambe mi tremavano, ma non mi ero mai sentita così forte.

«Adesso sparisci dalla mia vita e torna a casa da tua moglie. Sei vecchio, non ti resta che lei, perché lei ti ha perdonato, io no papà, io non lo farò mai, dovrò occuparmi di perdonare me stessa, una cosa che tu non sei riuscito ancora a fare. Ti resta poco tempo, il perdono ha bisogno di anni quando ha a che fare con se stessi, e forse per te è già troppo tardi. I sensi di colpa non ti hanno ancora mangiato, ma lo faranno, perché la vita alla fine ti fa pagare il conto, ti fa pagare tutto».

Lo lasciai lì, non si mosse di un centimetro. Avevo vomitato tutti i miei anni in pochi minuti, all'ombra di una luce pallida, in una notte d'estate, in una Roma deserta e profumata di rose, un profumo sconosciuto che proveniva dal mio corpo ricostruito.

Sbattei la porta e buttai le chiavi di mia madre per le scale, scesi di corsa con il volto arrossato e il sangue che mi pulsava sulle tempie. Ero sollevata, mi sentivo libera e spezzata in due al tempo stesso.

Una parte del mio corpo era rimasta tra le sue braccia, ma la parte più importante me l'ero ripresa combattendo a mani nude.

Quel sangue infetto, quello che mi aveva messo al mondo, lo lasciai in una trasfusione che aveva trovato un altro buco dove entrare.

Corsi in piena notte lungo la mia città, attraversando i vicoli stretti e guardando i palazzi storti. Il chiasso delle persone attutiva il mio dolore, un dolore che mi penetrava e accoltellava i fantasmi di tutta una vita. Bisogna un po' morire per rinascere, è così che dicono, io c'ero quasi, ma ogni lutto ha una radice diversa.

Presi l'anello di mia zia tra le mani e lo strinsi forte, era bollente e le figure dipinte sembrarono animarsi, la bambina sorrideva e la felicità era finita sul suo volto.

44
Sei mesi dopo

Mi ero tagliata i capelli corti, avevo messo tanto rimmel e comprato dei pantaloni nuovi. Quella mattina avevo un provino importante di cui non avevo parlato a nessuno. Avevo cominciato a muovermi da sola, avevo imparato a scrollarmi i pesi dalle mie spalle striminzite e aperto il petto a nuovi respiri. Stavo diventando grande e stavo cercando il mio 'per sempre'.

Una mattina Alma mi chiese di fare una passeggiata con lei, sul lungotevere. Isola Tiberina, dove è nata Leyla.

Arrivai davanti all'ospedale, c'era un vento fortissimo e mi misi seduta per terra sul bordo del marciapiede. Presi la borsa e tirai fuori le sigarette, non trovavo l'accendino, come sempre.

D'improvviso una voce: «Anche tua zia li perde sempre, ne ho uno appena comprato, il tempo di accendermene una».

In piedi davanti a me c'era Dafne, la faccia stropicciata e i suoi pantaloni maxi a cingere il corpo minuscolo.

Aveva gli occhi lucidi e rossi, le tremava un poco la voce e i capelli erano in disordine. Un fazzoletto pendeva dal suo polso magro.

«Ehi, ma che ci fai qui?»

«Ha chiamato anche me».

«Facciamo una reunion in riva al fiume?»

Cercai di sorridere ma avevo un presentimento. Dafne non aveva il solito sorriso, non faceva le sue assurde battute e non stava parlando male di niente e nessuno. Era stranamente calma e parlava piano come non faceva mai.

«Dov'è Alma?» chiesi.

In quel momento ci voltammo insieme verso di lei, camminava veloce, i capelli al vento le coprivano il volto e aprivano il suo abito di seta. Era vestita leggera, una nuvola colorata che si dirigeva verso di noi.

Mi alzai e le andai incontro, la abbracciai fortissimo e sentii il suo profumo. Stavolta era mescolato a un odore diverso, somigliava a quello della paura. Ruggine e vaniglia.

Capii che c'era qualcosa che non andava, lo capii dal soffio dei messaggi Morse e dal fiume che increspava e fuggiva nei pensieri tornati a galla come corpi morti.

«Ti va se ci sediamo qui, Sveva?»

«Ma andiamo in un bar, no?»

«No» disse, «preferisco restare qui».

Dafne ci interruppe: «Ragazze, io vado. Ho il mio fidanzato che mi reclama e devo finire un montaggio complicato».

Stava mentendo, si vedeva lontano un miglio. Mi guardò e mi diede un bacio fortissimo sulla guancia.

«L'accendino tienilo, tanto lo perderei anch'io» disse.

Fece l'occhiolino ad Alma, infilò i suoi enormi occhiali da sole e ci mandò un altro bacio.

Aspettammo un po' a parlare. «È incredibile il Tevere» mia zia interruppe il silenzio. «È sporchissimo, inquinato e pieno di ratti, ma guardalo lì com'è fiero di attraversare la città più bella del mondo. Corre, corre, ha fretta di andare al mare, dove magari respirerà un'aria più pulita rubandosi una purezza che qui sotto non avrà mai».

Alma parlava a bassissima voce. La interruppi, perché in quel momento del fiume non m'importava nulla: «Zia, che succede?»

Lei si fece forza, tirò un sospiro lunghissimo come a prendere coraggio e finalmente sputò il rospo.

«Sto combattendo, Sveva» disse, «ma stavolta il nemico è un grandissimo stronzo».

Sentii il suono di quella parola ancora prima che la pronunciasse. Lo avevo capito dallo sguardo di Dafne, dal passo lento di mia zia, dai suoi occhi mai così diversi.

«Non so quanto durerà la mia guerra e non so nemmeno se ho voglia di lottare all'infinito. Negli ultimi giorni è venuta a trovarmi nonna Alma, anche il nonno la vede e ci parla spesso, sai? Dice che non dobbiamo avere paura di niente, non devi avere paura nemmeno tu».

Passò davanti a noi un tronco d'albero spezzato, che la corrente avrebbe trascinato chissà dove. Fissai il mio sguardo su quel tronco, che sembrava portare via anche me da un dolore che non sarei mai riuscita a sopportare.

Ascoltavo la corrente del fiume mentre Alma mi parlava, sembrava attutire quel male, avevo messo in sordina le mie orecchie, cadde addosso a me un buio pesto. Sentivo spade negli occhi e nelle gambe, decine di pugnali a colpire ogni singolo muscolo. Mi sentivo soffocare, non riuscivo a respirare mentre lei cercava di tenermi la mano. La stringevo così forte che le nocche s'imbiancarono. Cominciai ad avere i brividi, le forze mancavano e lei che aveva mille crepe cercava di consolare me che ne avevo una sola, ma era troppo grande e profonda.

Avrei voluto essere quel tronco, scappare lontano per

essere inghiottita dal mare ma rimasi immobile, a piangere sulle spalle della persona più importante della mia vita, che avrei perso per sempre, io che mi dovevo ancora costruire e ricostruire.

Dovevamo costruirci insieme, me lo aveva promesso per anni che ci sarebbe sempre stata. Ma non decidiamo mai niente noi, e io non lo potevo sapere che il sangue di mia zia era infetto da tempo e scorreva male mentre si inquinava, come quel Tevere che vedevo nero e mortale. E lei accanto a me a darmi una consolazione che non meritavo.

«Hai tua sorella, devi prenderti cura di lei» mi disse. «È con lei che devi costruirti adesso. Io starò bene, appena questo corpo deciderà di lasciarmi tornerò vento, acqua, albero e mare. E sarò con voi, te lo avevo promesso che non vi avrei mai lasciato».

Io rimasi muta, non avevo abbastanza forza per contraddirla. Parlava a me e a se stessa. E a Leyla che sarebbe cresciuta senza sua madre, proprio come me. Eppure, sapevo che Alma, anche da un altro mondo, ci sarebbe stata davvero, non ci avrebbe mai abbandonate. Mentre lo pensavo, però, le lacrime coprivano ogni pensiero forte e mi abbandonai a lei, la annusai come fanno i cani con i padroni, mi riempii di lei e lo feci per tutti i giorni che vennero.

Presi aria mentre il mio corpo si spezzava, faceva un rumore che non avevo mai sentito. Un'ondata di calore fortissimo attraversò la mia pancia e salì fino alla gola, per chiudermela e soffocare ogni parola. La guardai a lungo, la sua cicatrice sembrava essere scomparsa, i suoi occhi erano rossi e lucidi ma sereni. Presi tutta la forza che avevo, quella che lei mi aveva insegnato in tutti gli anni passati insieme, e cominciai a intonare un suono familiare a entrambe. Cantavamo spesso insieme una canzone. Lei si girò verso di me e sorrise.

«Te la ricordi ancora?»

«Mi ricordo ogni cosa di noi zia!»

«Jenny è ancora pazza» rispose. «Ma è anche stanca adesso».

Sentii un rigurgito di ricordi che mi fece barcollare. La mia voce era rotta da un pianto che non riuscii a trattenere.

«Zia, io non ti lascio» dissi, «ho preparato il mio monologo più difficile sai, quello che non riuscivo mai a fare». Provai a parlare di altro, provai a farle capire che ce l'avevo fatta a diventare grande.

«Ho registrato tutto con il mio telefono e l'ho spedito a Parigi. Magari chissà, forse stavolta ci riesco». Provai a sorridere mentre un guizzo di orgoglio attraversò i suoi occhi.

'Ho ucciso i miei fantasmi, senza di te non ce l'avrei mai fatta' pensai in silenzio. Ma lei mi aveva sentito, ne ero certa. Perché lei sentiva tutto, lei sentiva le persone. Il vento spingeva l'aria, riportandoci addosso gli odori familiari di noi due. Il suo mi avvolse come un abbraccio.

Quell'odore lì non mi ha mai lasciato, come le sue vaniglie, che continuarono ad arrivarmi per anni. Lì dentro c'era lei, il suo regalo, il mio costruirmi, anche se per il tempo che venne e per tanti anni ancora sarei rimasta rotta.

45
Eternità

Il suo corpo rimase intatto.

Una notte era uscita da casa per andare a farsi una nuotata. La luna poggiava sulla superficie d'acqua la sua luce bianca.

Leyla aveva dodici anni appena compiuti. Non sapemmo mai se Alma andò a cercare la morte nel mare o la morte la trovò lì in mezzo alle dune di sabbia. Ma conoscevo mia zia, le restava poco tempo. Aveva baciato Leyla e Tommaso, aveva lasciato lettere sparse e le chiavi della sua macchina a me. Erano poggiate sulla sua scrivania, accanto a un mazzo di margherite, agli anelli e a un biglietto con su scritto:

Per la mia bestiolina, non ti sfuggire.
La tua Alma, per sempre

Imparai ad amare un corpo che non c'era più.

Mi abituai a nuove grammatiche ma continuavo a sfuggirmi.

Restai nella sua casa per mesi, a cercare un ricordo, un dettaglio che me la facesse riprendere.

Avevo mollato tutto, la scuola, il mio chitarrista, i miei genitori. Andavo spesso a trovare mio nonno, per cercare anche lì qualcosa che appartenesse ad Alma. La sua testa era ancora aggrappata alla vita, a tratti andava via, parlava a vanvera, ma poi sapeva tornare a essere quel grande uomo che conoscevo.

«La vedo spesso» mi diceva, «ha da fare con il suo Billo». Aveva gli occhi vuoti e un ghigno sulla bocca lo faceva sembrare pazzo, e forse lo era davvero. Ma era svuotato, aveva dato tutto l'amore che poteva e lo aveva distribuito a tutti come non avrebbe fatto più nessuno.

A volte portavo con me la piccola Leyla, che aveva sempre con sé la sua piccola tastiera e suonava qualcosa a quel nonno Manù che somigliava al cappellaio matto. Da quando aveva perduto la mamma, mia sorella non poteva fare a meno di suonare.

Era rimasta muta per mesi, con il padre che la portava in barca a farle catturare paesaggi che pensava potessero consolarla. Anche Tommaso rimase muto mentre ricostruiva i suoi ricordi con Alma. Cuciva e scuciva le parole, quelle giuste le aveva Leyla ogni volta che ricordavano Alma. Quanto si erano amati!

Si erano amati profondamente e in silenzio, senza nessuno che li avesse compresi del tutto. I loro codici Morse.

Passò molto tempo prima che Tommaso e Leyla tornassero insieme a vivere la loro vita senza Alma, anche se lei era ovunque, sparsa nelle loro bocche, nei loro sguardi assenti e infelici.

Leyla scriveva fittissimi fogli, spartiti colorati e spiegazzati dal sale che lasciava in barca.

«La mia mamma è dentro la musica» diceva, «a lei piaceva tanto». Aveva quasi tredici anni e il suono delle note la riportava ai suoi ricordi di bambina. Un giorno mi raccontò che ricordava perfettamente quando Alma la salvò dalle 'onde altissime'. Aveva sentito un click nel suo cuore, diceva, ma non era il suo, era quello della sua mamma, «perché noi siamo state un cuore solo da quel giorno».

Era tenera, era una bambina piccola e una adolescente affamata d'amore. Il legame con suo padre le aveva salvato la vita. E lei aveva messo in salvo quel padre silenzioso che si era chiuso a riccio da quando Alma non c'era più. Aveva lottato fino alla fine anche lui, dandosi da fare a cercare in tutto il mondo qualcuno che donasse un midollo sano alla sua Alma. Ma aveva fallito. L'aveva amata moltissimo e quell'amore adesso era tutto per Leyla.

Che succede quando i bambini perdono le madri? Come si ricostruiscono loro? Io non riuscivo a farlo ancora, Leyla lo stava facendo meglio di me.

I bambini sono molto più forti di noi, toccano il futuro e lo immaginano meglio di noi, la speranza è più lunga, i pensieri più brevi, le mani più piccole si infilano nei buchi del dolore e lo buttano fuori meglio di noi.

Leyla guardava fuori dalla finestra per notti intere, con i suoi boccoli disordinati e il pianoforte a farle compagnia.

«Io voglio diventare una musicista» diceva. «Mamma lo diceva sempre che avevo mani abbastanza forti per poterlo fare. Ma io non lo so se ce la faccio senza di lei».

E restavamo abbracciate ore a infilare la testa ognuna nel collo dell'altra, a ricordare e a scansare, a piangere e a disperarci e ridere insieme.

Eravamo diventate sorelle, proprio come Alma aveva predetto, e sapevamo che lì in mezzo a noi c'era anche lei, a tenerci ancora più unite.

Avevamo imparato a credere nelle cose che non vedevamo più, credevamo nella sua presenza, nel cuore del nonno, negli abbracci mancati e nelle sue parole a metà.

Credevamo nel vento che si alzava per interrompere le nostre lacrime asciugate dai capelli, credevamo in noi, nel nostro legame indissolubile. Credevamo nell'elefantino azzurro del nonno, che un giorno aveva regalato a Leyla, dicendole che adesso toccava a lei.

«Era di tua madre, devi averlo tu adesso, a me non serve più».

Leyla dormiva pochissimo, tornava da scuola e cominciava a comporre le sue musiche strane, diceva che il mare suona, così come il vento e gli alberi e i passi delle persone. «Suona il dolore e la felicità, suona la barca di mio padre quando esce dal porto e quando accosta le isole. È lì che prendo tutto» diceva. «Io sento i suoni perché è la mia mamma che me li porta. Io scrivo la musica e lei le parole che sono musica».

Aveva il suo legame personale con il ricordo di Alma, un legame in cui non potevo entrare, come lei non poteva entrare nel mio.

Credere in ciò che non si vede e che si ascolta. Sentivamo Alma dappertutto ma lei non era lì, la sentivamo e continuavamo ad amarla come fosse stata al nostro fianco. L'eternità delle cose, delle persone, e capivo con il tempo ciò che mi aveva sempre detto mia zia.

Era quella l'eternità, sì, quell'eternità.

Certi giorni erano difficili, volevo solo chiudere gli occhi e perdermi dentro qualche nuova ossessione che sapesse stordirmi.

Cercavo di distrarmi uscendo di notte e frequentando gente vuota che non poteva riempire niente di me.

A volte servono certi vuoti, per ficcarcisi meglio dentro e nuotare senza appigli. Andavo in giro con la macchina di Alma che era invece piena di lei, piena di parole sospese nel portabagagli, lei era nei libri buttati sopra i sedili, nei poncho giganteschi e negli appunti appiccicati che puzzavano di vaniglia.

Una sera tornando da una festa mi si fermò la macchina e cominciai a piangere. Dovevo portare Leyla dal padre e avevo fatto tardi, mi aspettava a scuola.

Mi fermai per strada bestemmiando davanti a Dio. Mi mancava furiosamente mia zia, non ce la stavo facendo, non ero abbastanza forte.

Era il giorno del suo compleanno e ci eravamo promesse con Leyla che saremmo andate con Tommaso a spargere petali di margherite in riva al mare davanti alla sua casa.

Avremmo cantato le canzoni di Vasco e lasciato liberi i dolori di tutti e tre. Non riuscivo nemmeno a mantenere una promessa con una bambina, ero un completo fallimento, ero mia madre e mio padre.

Poi davanti a me notai una pozzanghera profonda, mi ci specchiai, mi guardai immobile. Stavo per vomitare quando la vidi, vidi i suoi capelli lunghissimi che sembravano abbracciarmi e slegarsi da me.

Sentii un colpo di vento addosso che mi schiaffeggiò la faccia e il suo odore mi passò sotto il naso e lo annusai con tutta la forza che avevo. Era lì con me e io stavo ascoltando quel silenzio come Leyla ascoltava la sua musica.

Rientrai in macchina di corsa, la faccia rossa e la bocca salata. Mi fermai davanti a un fioraio e comprai decine di margherite colorate. Arrivai in ritardo davanti alla scuola di Leyla e lei mi corse incontro.

«Sapevo che saresti venuta» disse al mio arrivo. «Le maestre stavano chiamando papà».

«Perdonami, c'era molto traffico, ma come vedi ho comprato le margherite, anche per il tuo papà, lui è già lì che ci aspetta».

Cominciò a saltare e a guardarmi fisso negli occhi. Rimasi sgomenta quando Leyla mi disse: «È venuta anche da me, ho scritto una nuova canzone!»

Cominciò a canticchiare la melodia in macchina, mentre andavamo verso quel mare che ci aspettava, correvamo verso Alma, il suo mondo impossibile, verso fantasmi e draghi, verso quello che non vedevamo ma in cui credevamo. E se esiste l'amore nessuno sa come sia fatto, non ha un volto un corpo non ha occhi né braccia. Nessuno lo ha dipinto mai l'amore, che non è un angioletto con una freccia in mano. Io non lo so che cos'è, ma l'ho respirato in Leyla, in quella pozzanghera e infine dentro quel mare, che si riempì di petali colorati.

Entrammo con i vestiti addosso tutti e tre insieme a schizzarci di acqua e sorrisi. All'improvviso davanti a noi si presentò un piccolo cane, marrone e bianco, con il pelo ispido e una macchia sul muso. Ci guardava ma aveva paura a entrare.

Vidi Leyla che si fermò di colpo, guardò me e poi suo padre. La sentii parlare a bassa voce mentre usciva dall'acqua. Le gambe sottili e il vestito bagnato. Raccolse una margherita rimasta intatta e si piegò in ginocchio verso quel cane.

«Ehi vieni qui, non avere paura» disse. Allungò il braccio verso quel musetto e lui annusò il fiore. Cominciò a scodinzolare e a saltare.

Lei si voltò verso di me e io acconsentii con lo sguardo.

«Benvenuto tra noi, cane abbandonato» disse. «Ti va se ti chiamo Billo?»

46
Nei frammenti di Alma

Piove dentro i tuoi occhi, figlia mia.

Sento il tuo respiro affannato.

Stai suonando ancora, fino a farti male alle dita, a mangiare il fiato con le tue emozioni urticanti e aggressive.

Stai suonando ancora, figlia mia, mentre mi cerchi da qualche parte, in qualche foglia di albero volata via con un soffio di vento caldo. So che ce la farai, conosco quella magia. Quella che mette il cuore dappertutto, pure nell'aria che non si taglia, pure dentro il mare che non si buca.

Conosco la tua magia perché è stata la mia, quella di nonna Alma, che per tutta la vita ha vissuto accanto a me, certa di averla conosciuta sempre anche se non l'ho conosciuta mai.

Ti ho messa al mondo, ho sentito il tuo sangue addosso al mio, ho registrato ogni minuscolo respiro del tuo corpo fragile e fortissimo.

Sono nata per te, sono rimasta per Sveva, ancora un po', in questa vita che rimane il viaggio più bello che io abbia fatto. Restale accanto, ricostruiscila tu quella ragazzina, perché tu eri già grande quando sei arrivata, destinata a lei e al suo corpo diviso a metà. Vi ho fatto incontrare e con la complicità di tuo nonno vi ho fatto amare. Hai dita forti e screpolate, tocca il mondo e fanne una meraviglia, fatti fregare dalla bellezza, dal colore del cielo, dalla gentilezza.

Respira più che puoi e respirati.

Ama, ama infinitamente tutto ciò che incontri, corri sulla sabbia e falla entrare dappertutto, quel fastidio ti aiuterà a essere in allerta, a stuzzicare i tuoi sogni. Prendi le mani di tuo padre e stringile per me, falle attaccare alla vita come i pesci al suo amo, si muoverà per liberarsi ma tu trattienilo, stringilo forte, non lasciarlo andare via.

Legati e slegati, slegati e legati, infinite volte.

Ingoia il respiro degli altri, salvati e salvali e spiega a tua sorella l'amore. Imparate insieme, insegnatevi, trattenetevi davanti al tramonto a salutare il sole che se ne va e tornate quando sorge. Siamo fatti di sole e luna, siamo fatti di mare in un'infinita distesa di corpi muti.

Nuota, torna nell'acqua ogni volta che ti perderai, perché ti ha già restituito una volta.

Succederà che ti sentirai perduta, guarda tuo padre, nei suoi occhi troverai un po' di me e quando il nonno non ci sarà più invece alza lo sguardo, sarà il mio, sarà quello di Sveva a riportarti giù.

Innamorati, fallo ogni giorno, di un uomo, di una donna, di un cane, delle persone infette per guarirle e di quelle guarite per infettarle di illusioni.

Segui gli orizzonti e cammina.

Lascia crescere i tuoi capelli.

Inciampa e perditi, io mi sono persa tante volte, non sono mai stata dritta, ho guardato sempre il mondo a testa in giù e ho visto le cose che nessuno guarda. Illumina le zone oscurate dalla miseria umana, difenditi a mani nude, i nostri corpi sono le nostre anime dannate che hanno solo bisogno di credere.

Ho creduto nella vita figlia mia, ho vissuto nella follia di mia madre che mi è mancata per tutta la vita. Lei non era come noi e l'ho lasciata andare via. Non ha capito il senso, il suo passaggio qui deve ricominciare daccapo. Ma mai nessun viaggio è inutile, lei mi ha portato a mio padre, a te e a Sveva.

La morte non esiste, la vita sì, anche quando si smette di respirare. Ho passato a voi i miei più grandi respiri, vi ho riempito di ali per volare, muovetele quando arriveranno le tempeste per soccorrervi, seguite le vostre passioni impossibili, legatele a voi con lacci stretti perché arriveranno centinaia di persone a cercare di reciderli. Legatevi voi stesse ancora con elastici che sapranno farvi ritrovare anche se prenderete rincorse opposte.

So che siete voi la mia eternità, cercate ancora la vostra. Io sono qui, soffiate sulle candele consumate, sarò quel fumo piccolo, quelle luci spente di notte, sarò nei riflessi delle pozzanghere, nei pianti di chi vi ha lasciato. Sarò tra le vostre braccia a stringere abbracci leggeri che disegneranno mappe nuove e difficili. Sarò il tuo pianoforte, sarò il palcoscenico di Sveva, la barca di papà, il pesce liberato, la lacrima trattenuta.

Ho provato a seminare i ricordi, le esperienze, a lasciarvi poesie e odori, vi ho lasciato sorrisi difficili da emulare ma ci ho provato.

Ci rivedremo un giorno.

Sarò ovunque voi sarete, sparsa nell'aria di questo strano mondo che non ho mai compreso del tutto, non ho avuto più il tempo, l'ho lasciato a voi.

Usatelo, non lasciatelo andare mai, ballateci dentro, sbucciatevi le ginocchia e ingoiate il fango. La vita resta quando sente di essere guardata davvero e quando sentirete la mia mancanza io sarò quell'onda del mare che insiste ad arrivare a riva, rotolando schiuma bianca a mangiare anche il più piccolo granello.

Siamo conchiglie, siamo sabbia, siamo polvere e la polvere porta con sé tutto e tutto riporta.

Amatevi, vivetevi e leggete sul mio braccio i vostri sogni: non smettete mai di cercare, tutto il bene e tutto il male del mondo.

Vostra madre
Alma

Epilogo

Uscii sul palcoscenico, gli applausi erano fragorosi e intensi. I francesi, appassionati e romantici, si alzarono tutti insieme. Avevo messo in scena la mia Ofelia davanti a una delle platee più esigenti del mondo, quella di Parigi.

Vidi in prima fila Leyla, che saltava di gioia e non tratteneva le urla. Diceva a tutti che ero sua sorella in un francese perfetto. Accanto a lei c'era una poltrona vuota. «È per la mamma» diceva sempre. Comprava due biglietti ogni volta che facevo una pièce.

Leyla era una ragazzina speciale e la lasciavo libera di esserlo anche per me.

L'applauso muto di quella poltrona vuota era il più forte di tutti.

Tu mi vedi, Alma? Hai visto, ce l'ho fatta. Me ne sono andata, ho portato via con me tutto quello che potevo. Mi sono fatta fregare dalla bellezza.

Salutai Leyla da lontano, feci l'occhiolino a Dafne, che stava seduta accanto a lei e poi mi venne incontro.

«Ma c'è un posto dove fumare in questo cavolo di teatro snob?»

Cominciammo a ridere come due stupide. Toccai i capelli spettinati di Dafne e le dissi che era un casino.

«No no, cara Sveva, voi due siete un casino. E io non ho nemmeno un accendino, che diavolo…»

Dafne aveva smesso di cercare quando aveva trovato noi.

Ringraziamenti

Eravamo in pieno lockdown quando ho ripreso a scrivere questo romanzo.

Ogni tanto aprivo il mio computer e aggiungevo qualcosa.

Ho cominciato a scrivere le prime pagine cinque anni fa, le ho conservate con cura, mentre la vita passava veloce senza mai riuscire a fermarmi.

Poi ho dovuto farlo ed è successo qualcosa dentro di me che mi ha fatto riprendere in mano quei fogli. Una in particolare, scaturita da una telefonata di chiacchiere e disperazione dove si parlava di virus e pandemia. Era tutto così surreale che non potevamo che sconfiggere la paura con l'ironia e qualche sogno da rivelare.

Al telefono con me c'era Riccardo, che tra una battuta e un tampone mi ha chiesto di quei fogli e come un piccione viaggiatore ha portato il messaggio a chi di mestiere fa l'editor. Quell'editor speciale era Stefano Izzo, che mi ha chiamato come un amico e da lì è partito il nostro viaggio. Con pazienza, dedizione e fermezza mi ha spinto in avanti come un vento delicato e deciso che porta via tutto.

Grazie a loro sono uscita di casa con la testa, scritto di mare e sabbia, mentre il mondo fuori esplodeva io dentro mi rifugiavo in quelle storie che mi erano sempre appartenute.

Ringrazio loro per primi, che hanno creduto nei miei fogli bianchi e nella storia di Alma, certi incontri non sono mai casuali.

Non esistono solo le ispirazioni, esistono le persone che le rendono possibili e reali. Ringrazio tutte quelle che ho incontrato, sfiorato, guardato anche solo pochi minuti ma anche una vita intera. Quelle che mi hanno fatto male e a cui ho fatto del male. Ringrazio il mio professore che al liceo mi disse che ero troppo tra le nuvole per studiare matematica e che nascondevo troppi libri sotto il banco. Ringrazio le leggende che mi hanno raccontato mio nonno e mio padre, ringrazio la fotografia di mia nonna che ancora mi guarda severa e prova a spiegarmi da dove vengo.

Nella serie di mani e cuori a cui sono legata, una in particolare mi ha sollevato dalla paura di non farcela, leggendo per prima il mio libro, grazie Camilla per esserci stata dall'inizio e per aver letto me ancora prima di leggere il mio romanzo.

Grazie a Isabella e Anna, le amiche di salvataggio che sanno arrivare sempre puntuali ovunque le onde mi portino. Grazie a Mariagrazia Mazzitelli, direttore editoriale di una casa editrice, la Salani, che è famiglia e casa.

A Giuliano Sangiorgi, Chiara Gamberale e Levante la mia più profonda gratitudine, che in pochi giorni hanno letto e contribuito a far conoscere questo mio scritto.

La prima persona a cui ho detto che avrei pubblicato il mio romanzo è stata quella che mi appartiene da sempre. E a lei va la mia menzione speciale. Grazie Silvia, perché dietro le nostre nottate e albe, dietro quegli occhiali neri e decine di caffe, sono trascorsi più di venti anni. Sei e sarai sempre la mia tempesta dentro un bicchiere.

Grazie alla mia famiglia, che ha tirato e lasciato. Grazie alla biblioteca di mio padre, con cui ho iniziato il mio amore per i libri e la lettura. Non prima di averli conosciuti attraverso di lui. Grazie a Carolina, senza di te questa storia non sarebbe nata. Grazie a tutti gli scrittori che ho incontrato, intervistato, amato. Grazie alle librerie, templi necessari e indispensabili per la mia sopravvivenza, Grazie ai librai che ancora leggono e credono nella potenza della letteratura. A Francesca, libraia indomabile e appassionata, che sa sorridere sempre anche dei libri più improbabili.

Grazie a chi resiste, nonostante tutto, certi lettori sono patrimonio dell'umanità, soprattutto quella futura.

Grazie a Penelope, mia figlia. A lei, la mia gratitudine più grande, quella di avermi donato una seconda vita.

Indice

SALANI
LE STANZE

Gianluca Antoni
Io non ti lascio solo

Enrico Pandiani
Lontano da casa

Viola Ardone
La ricetta del cuore in subbuglio

Imamura Natsuko
La donna dalla gonna viola

Anna Bardazzi
La felicità non va interrotta

Pino Imperatore
Tutti matti per gli Esposito

Corinna De Cesare
Ciao per sempre

François Morlupi
Come delfini tra pescecani

Silvia Montemurro
L'orchestra rubata di Hitler

Rosa Mogliasso
L'irresistibile simmetria della vendetta

Marco Steiner
Nella musica del vento

Pascal Engman
Femminicidio

SALANI
LE STANZE

Vittorio Macioce
Dice Angelica

Sandro Marenco
Dillo al Prof

Davide Mosca
Amare una volta

Guzel' Jachina
Figli del Volga

Giovanni Ferrero
Blu di Prussia e rosso porpora

Carola Carulli
Tutto il bene, tutto il male

Questo libro è stampato col sole

Azienda carbon-free

Fotocomposizione: Alessio Scordamaglia

Finito di stampare
nel mese di ottobre 2021
per conto di Adriano Salani Editore s.u.r.l.
da Grafica Veneta S.p.A. di Trebaseleghe (PD)
Printed in Italy